炎凉

张晓风 著

北京联合出版公司
Beijing United Publishing Co.,Ltd.

第二部分 种种有情

目录

第一部分 地毯的那一端

第四部分　春水初泮的身体

第三部分 记梦

难道这不就是生活吗，
太阳割切着四季，四季割切着老人，
老人无言地割切着一只只浑圆柔润的橘子。

这不就是生活吗？
一些稚拙的美，一些惊人的丑，
以一种牢不可分的天长地久的姿态栖居在某个深深的巷底。

第一部分

地毯的那一端

地毯的那一端

德：

从疾风中走回来，觉得自己像是被浮起来了。山上的草香得那样浓，让我想到，要不是有这样猛烈的风，恐怕空气都会给香得凝冻起来！

我昂首而行，黑暗中没有人能看见我的笑容。白色的芦荻在夜色中点染着凉意——这是深秋了，我们的日子在不知不觉中临近了。我遂觉得，我的心像一张新帆，其中每一个角落都被大风吹得那样饱满。

星斗清而亮，每一颗都低低地俯下头来。溪水流着，把灯影和星光都流乱了。我忽然感到一种幸福，那样混沌而又陶然的幸福。我从来没有这样亲切地感受到造物的宠爱——真的，我们这样平庸，我总觉得幸福应该给予比我们更好的人。

但这是真实的，第一张贺卡已经放在我的案上了。洒满了细碎精致的透明照片，灯光下展示着一个闪烁而又真实的梦境。画上的金钟摇荡，遥遥地传来美丽的回响。我仿佛能听见那悠扬的音韵，我仿佛能嗅到那沁人的玫瑰花香！而尤其让我神往的，是那几行可爱的祝词：“愿婚礼的记忆存至永远，愿你们的情爱与日俱增。”

是的，德，永远在增进，永远在更新，永远没有一个边和底——六年了，我们护守着这份情谊，使它依然焕发，依然鲜洁，正如别人所说的，我们是何等幸运。每次回顾我们的交往，我就仿佛走进博物馆的长廊。其间每一处景物都意味着一段美丽的回忆。每一件东西都牵扯着一个动人的故事。

那样久远的事了。刚认识你的那年才十七岁，一个多么容易错误的年纪！但是，我知道，我没有错。我生命中再没有一件决定比这项更正确了。前天，大伙儿一起吃饭，你笑着说：“我这个笨人，我这辈子只做了一件聪明的事。”你没有再说下去，妹妹却拍手起来，说：“我知道了！”啊，德，我能够快乐地说，我也知道。因为你做的那件聪明事，我也做了。

那时候，大学生活刚刚展开在我面前。台北的寒风让我每日思念南部的家。在那小小的阁楼里，我呵着手写蜡纸。在草木摇落的道路上，我独自骑车去上学。生活是那样黯淡，心情是那样沉重。在我的日记上有这样一句话：“我担心，我会冻死在这小楼上。”而这时候，你来了。你那种毫无企冀的友谊四面环护着我，让我的心触及最温柔的阳光。

我没有兄长，从小我也没有和男孩子同学过。但和你交往却是那样自然，和你谈话又是那样舒服。有时候，我想，如果我是男孩子多么好呢！我们可以一起去爬山，去泛舟。让小船在湖里任意飘荡，任意停泊，没有人会感到惊奇。好几年以后，我将这些想法告诉你，你微笑地注视着我：“那，我可不愿意，如果你真想做男孩子，我就做女孩。”而今，德，我没有变成男孩子，但我们可以去遨游，去做山和湖的梦。因为，我们将有更亲密的关系了。啊，想象中终生相爱相随该是多么美好！

那时候，我们穿着学校规定的卡其服。我新烫的头发又总是被风刮得乱蓬蓬的。想起来，我总不明白你为什么那样喜欢接近我。那年大考的时候，我蜷曲在沙发里念书。你跑来，热心地为我讲解英文文法。好心的房东为我们送来一盘春卷，我慌乱极了，竟吃得洒了一裙子。你瞅着我说："你真像我妹妹，她和你一样大。"我窘得不知如何是好，只是一径低着头，假作抖那长长的裙幅。

那些日子真是冷极了。每逢没有课的下午我总是留在小楼上，弹弹风琴，把一本拜尔琴谱都快翻烂了。有一天你对我说："我常在楼下听你弹琴。你好像常弹那首《甜蜜的家庭》。怎么？在想家吗？"我很感激你的窃听，唯有你了解、关切我凄楚的心情。德，那个时候，当你独自听着的时候，你想些什么呢？你想到有一天我们会组织一个家庭吗？你想到我们要用一生的时间以心灵的手指合奏这首歌吗？

寒假过后，你把那摞泰戈尔诗集还给我。你指着其中一行请我看："如果你不能爱我，就请原谅我的痛苦吧！"我于是知道发生什么事了。我不希望这件事发生，我真的不希望。并非由于我厌恶你，而是因为我太珍重这份素净的友谊，反倒不希望有爱情去加深它的色彩。

但我却乐于和你继续交往。你总是给我一种安全稳妥的感觉。从头起，我就付给你我全部的信任。只是，当时我心中总向往着那种传奇式的、惊心动魄的恋爱，并且喜欢那么一点点的悲剧气氛。为着这些可笑的理由，我耽延着没有接受你的奉献。我奇怪你为什么仍作那样固执的等待。

你那些小小的关怀常令我感动。那年圣诞节你把得来不易的几颗巧克力糖，全部拿来给我了。我爱吃笋豆里的笋子，唯有你注意到，并且耐心地为我挑出来。我常常不晓得照料自己，唯有你想到用自己的外衣披在我身上。（我至今不能忘记那衣服的温暖，它在我心中象征了许多意义。）是你，敦促我读书；是你，容忍我偶发的气性；是你，仔细纠正我写作的错误；是你，教导我为人的道理。如果说，我像你的妹妹，那是因为你太像我大哥的缘故。

后来，我们一起得到学校的工读金。分配给我们的是打扫教室的工作。每次你总强迫我放下扫帚，我便只好遥遥地站在教室的末端，看你奋力工作。在炎热的夏季里，你的汗水滴落在地上。我无言地站着，等你扫好了，我就去挥挥桌椅，并且帮你把它们排齐。每次，当我们目光偶然相遇的时候，总感到那样兴奋。我们是这样地彼此了解，我们合作的时候总是那样完美。我注意到你手上的硬茧，它们把那虚幻的字眼十分具体地说明了。我们就在那飞扬的尘影中完成了大学课程——我们的经济从来没有富裕过；我们的日子却从来没有贫乏过。我们活在梦里，活在诗里，活在无穷无尽的彩色希望里。记得有一次我提到玛格丽特公主在她婚礼中说的一句话：“世界上从来没有两个人像我们这样快乐过。”你毫不在意地说：“那是因为他们不认识我们的缘故。”我喜欢你的自豪，因为我也如此自豪着。

我们终于毕业了，你在掌声中走到台上，代表全系领取毕业证书。我的掌声也夹在众人之中，但我知道你听到了。在那美好的六月清晨，我的眼中噙着欣喜的泪。我感到那样骄傲，我第一次分沾你的成功、你的光荣。

“我在台上偷眼看你，”你把系着彩带的文凭交给我，“要不是中国风俗如此，我一走下台来就要把它送到你面前去的。”

我接过它，心里垂着沉甸甸的喜悦。你站在我面前，高昂而谦和、刚毅而温柔。我忽然发现，我关心你的成功，远远超过我自己的。

那一年，你在军中。在那样忙碌的生活中，在那样辛苦的演习里，你却那样努力地准备研究所的考试。我知道，你是为谁而作的。在凄长的分别岁月里，我开始了解，存在于我们中间的是怎样一种感情。你来看我，把南部的冬阳全带来了。那厚呢的陆战队军服重新唤起我童年时期对于号角和战马的梦。我一直没有告诉你，当时你临别敬礼的镜头烙在我心上有多深。

我帮着你搜集资料，把抄来的范文一篇篇断句、注释。我那样竭力地做，怀着无上的骄傲。这件事对我而言有太大的意义。这是第一次，我和你共赴一件事。所以当你把录取通知转寄给我的时候，我竟忍不住哭了。德，没有人经历过我们的奋斗，没有人像我们这样相期相勉，没有人多年来在冬夜图书馆的寒灯下彼此伴读。因此，也就没有人了解成功带给我们的兴奋。

我们又可以见面了，能见到真真实实的你是多么幸福。我们又可以去作长长的散步，又可以蹲在旧书摊上享受一个闲散黄昏。我永不能忘记那次去泛舟。回程的时候，忽然起了大风。小船在湖里直打转，你奋力摇橹，累得一身都汗湿了。

“我们的道路也许就是这样吧！”我望着平静而险恶的湖面说，“也许我使你的负担更重了。”

“我不在意，我高兴去搏斗！”你说得那样急切，使我不敢正视你的目光，“只要你肯在我的船上，晓风，你是我最甜蜜的负荷。”

那天我们的船顺利地拢了岸。德，我忘了告诉你，我愿意留在你的船上，我乐于把舵手的位置给你。没有人能给我像你给我的安全感。

只是，人海茫茫，哪里是我们共济的小舟呢？这两年来，为着成家的计划，我们劳累到几乎虐待自己的地步。每次，你快乐的笑容总鼓励着我。

那天晚上你送我回宿舍，当我们迈上那斜斜的山坡，你忽然驻足说：“我在地毯的那一端等你！我等着你，晓风，直到你对我完全满意。”

我抬起头来，长长的道路伸延着，如同圣坛前柔软的红毯。我迟疑了一下，便踏向前去。

现在回想起来，已不记得当时是否是个月夜了，只觉得你诚挚的言词闪烁着，在我心中亮起一天星月的清辉。

“就快了！”那以后你常乐观地对我说，“我们马上就可以有一个小小的家。你是那屋子的主人，你喜欢吧？”

我喜欢的，德，我喜欢一间小小的陋屋。到天黑时分我便去拉上长长的落地窗帘，捻亮柔和的灯光，一同享受简单的晚餐。但是，哪里是我们的家呢？哪儿是我们自己的宅院呢？

你借来一辆半旧的脚踏车，四处去打听出租的房子，每次你疲惫不堪地回来，我就感到一种痛楚。

“没有合意的，”你失望地说，“而且太贵，明天我再去看。”

我没有想到有那么多困难，我从不知道成家有那么多琐碎的事，但至终我们总算找到一栋小小的屋子了。有着窄窄的前庭，以及矮矮的榕树。朋友笑它小得像个巢，但我已经十分满意了。无论如何，我们有了可以憩息的地方。当你把钥匙交给我的时候，那重量使我的手臂几乎为之下沉。它让我想起一首可爱的英文诗：“我是一个持家者吗？哦，是的。但不止，我还得持护着一颗心。”我知道，你交给我的钥匙也不止此数。你心灵中的每一个空间我都持有一枚钥匙，我都有权径行出入。

亚寄来一卷录音带，隔着半个地球，他的祝福依然厚厚地绕着我。那样多好心的朋友来帮我们整理。擦窗子的，补纸门的，扫地的，挂画儿的，插花瓶的，拥拥熙熙地挤满了一屋子。我老觉得我们的小屋快要炸了，快要被澎湃的爱情和友谊撑破了。你觉得吗？他们全都兴奋着，我怎能不兴奋呢？我们将有一个出色的婚礼，一定的。

这些日子我总是累着。去试礼服，去订鲜花，去买首饰，去选窗帘的颜色。我的心像一座喷泉，在阳光下涌溢着七彩的水珠儿。各种奇特复杂的情绪使我眩昏。有时候我也分不清自己是在快乐还是在茫然，是在忧愁还是在兴奋。我眷恋着旧日的生活，它们是那样可爱。我将不再住在宿舍里，享受阳台上的落日。我将不再偎在母亲的身旁，听她长夜话家常。而前面的日子又是怎样的呢？德，我忽然觉得自己好像要被送到另一个境域里去了。那里的道路是我未走过的，那里的生活是我过不惯的，我怎能不惴惴然呢？如果说有什么可以安慰我的，那就是：我知道你必定和我一同前去。

冬天就来了，我们的婚礼在即。我喜欢选择这季节，好和你厮守一个长长的严冬。我们屋角里不是放着一个小火炉吗？当寒流来时，我愿其中常闪耀着炭火的红光。我喜欢我们的日子从黯淡凛冽的季节开始，这样，明年的春花才对我们具有更美的意义。

我即将走入礼堂，德，当结婚进行曲奏响的时候，父亲将挽着我，送我走到坛前，我的步履将凌过如梦如幻的花香。那时，你将以怎样的微笑迎接我呢。

我们已有过长长的等待，现在只剩下最后的一段了。等待是美的，正如奋斗是美的一样，而今，铺满花瓣的红毯伸向两端，美丽的希冀盘旋而飞舞。我将去即你，和你同去采撷无穷的幸福。当金钟轻摇，蜡炬燃起，我乐于走过众人去立下永恒的誓愿。因为，哦，德，因为我知道，是谁，在地毯的那一端等我。

你是我最甜蜜的负荷。

生活赋

——生活是一篇赋，萧索的由绚丽而下跌的令人惘然的长门赋——

巷　底

巷底住着一个还没有上学的小女孩，因为脸特别红，让人还来不及辨识她的五官之前就先喜欢她了——当然，其实她的五官也挺周正美丽，但让人记得住的，却只有那一张红扑扑的小脸。

不知道她有没有父母，只知道她是跟祖母住在一起的，使人吃惊的是那祖母出奇地丑，而且显然可以看出来，并不是由于老才丑的。她几乎没有鼻子，嘴是歪的，两只眼如果只是老眼昏花倒也罢了，她的还偏透着邪气的凶光。

她人矮，显得叉着脚走路的两条腿分外碍眼，我也不知道她怎么受的，她已经走了快一辈子路了，却是永远分明是一只脚向东，一只脚朝西。

她当日做些什么，我不知道，印象里好像她总在生火，用一只老式的炉子，摆在门口当风处，呼呼地扇着，嘴里不干不净地咒着。她的一张丑皱的脸模糊地隔在烟幕之后，一双火眼金睛却暴露得可以直破烟雾的迷阵，在冷湿的落雨的黄昏，行人会在猛然间以为自己已走入邪恶的黄雾——在某个毒瘴四腾的沼泽旁。

她们就那样日复一日地住在巷底的违章建筑里，小女孩的红颊日复一日地盛开，老太婆的脸像经冬的风鸡日复一日地干缩，炉子日复一日地像口魔缸似的冒着张牙舞爪的浓烟。

——这不就是生活吗？一些稚拙的美，一些惊人的丑，以一种牢不可分的天长地久的姿态栖居在某个深深的巷底。

𥻗糖车

不知在什么时候，由什么人，补造了“𥻗”“糖”两个字。（武则天也不过造了十九个字啊！）

曾有一个古代的诗人，吃了重阳节登高必吃的“糕”，却不敢把“糕”字放进诗篇。“《诗经》里没用过‘糕’字啊，”他分辩道，“我怎么能贸然把‘糕’字放在诗里去呢？”

正统的文人有一种可笑而又可敬的执着。

但老百姓全然不管这一回事，他们高兴的时候就造字，而且显然也很懂得“形声”跟“会意”的造字原则。

我喜欢“𥻗糖”这两个字，看来有一种原始的毛毵毵的感觉。

我喜欢“𥻗糖”，虽然它的可口是一种没有性格的可口。

我喜欢𥻗糖车，我形容不来那种载满了柔软、甜蜜、香腻的小车怎样在孩子群中贩卖欢乐。糊糬似乎只卖给小孩，当然有时也卖给老人——只是最后不免仍然到了孩子手上。

我真正最喜欢的还是糊糬车的节奏，不知为什么，所有的糊糬车都用他们这一行自己的音乐，正像修伞的敲铁片，卖馄饨的敲碗，卖番薯的摇竹筒，都各有一种单调而粗糙的美感。

糊糬车用的“乐器”是一个转轮，轮子转动处带起一上一下的两根铁杆，碰得此起彼落的“空”“空”地响，不知是不是用来象征一种古老的舂米的音乐。讲究的小贩在两根铁杆上顶着布袋娃娃，故事中的英雄和美人，便一起一落地随着转轮而轮回起来了。

铁杆轮流下撞的速度不太相同，但大致是一秒钟响二次，或者四次。这根起来，那根就下去；那根起来，这根就下去。并且也说不上大起大落，永远在巴掌大的天地里沉浮。沉下去的不过沉一个巴掌，升上去的亦然。

跟着糊糬车走，最后会感到自己走入一种寒栗的悸怖。陈旧的生锈的铁杆上悬着某些知名的和不知名的帝王将相，某些存在的或不存在的后妃美女，以一种绝情的速度彼此消长，在广漠的人海中重复着一代与一代之间毫无分别的乍起乍落的命运。难道这不就是生活吗？以最简单的节奏叠映着占卜者口中的“凶”“吉”“悔”“咎”。滴答之间，跃起落下，许多生死祸福便已告完成。

无论什么时候，看到糊糬车，我总忍不住地尾随而怅望。

食橘者

冬天的下午，太阳以漠然的神气遥遥地笼罩着大地，像某些曾经蔓烧过一夏的眼睛，现在却浑然遗忘了。

有一个老人背着人行道而坐，仿佛已跳出了杂沓的脚步的轮回，他淡淡地坐在一片淡淡的阳光里。

那老人低着头，很专心地用一只小刀在割橘子皮。那是“椪柑”种的橘子，皮很松，可以轻易地用手剥开，他却不知为什么拿着一把刀工工整整地划着，像个石匠。

每个橘子他照例要划四刀，然后依着刀痕撕开，橘子皮在他手上盛美如一朵十字科的花。他把橘肉一瓣瓣取下，仔细地摘掉筋络，慢慢地一瓣瓣地吃，吃完了，便不急不徐地拿出另一个来，耐心地把所有的手续再重复一遍。

那天下午，他就那样认真地吃着一瓣一瓣的橘子，参禅似的凝止在一种不可思议的安静里。

难道这不就是生活吗，太阳割切着四季，四季割切着老人，老人无言地割切着一只只浑圆柔润的橘子。

想象中那老人的冬天似乎永远过不完，似乎他一直还坐在那灰扑扑的街角，一丝不苟地，以一种玄学家执迷的格物精神，细味那些神秘的金汁溢涨的橘子。

描　容

一

有一次，和朋友约好了搭早晨七点的车去太鲁阁国家公园管理处。不料闹钟失灵，醒来时已经七点了。

我跳起来，改去搭飞机，及时赶到。管理处派人来接，但来人并不认识我，于是先到的朋友便七嘴八舌把我形容一番：

“她信基督教。”

“她是写散文的。”

“她看起来好像不紧张，其实，才紧张呢！”

形容完了，几个朋友自己也相顾失笑，这么一堆抽象的说词，叫那年轻人如何在人堆里把要接的人辨认出来？

事后，他们说给我听，我也笑了，一面佯怒，说：

“哼，朋友一场，你们竟连我是什么样子也说不出来，太可恶了。”

转念一想，却也有几分惆怅——其实，不怪他们，叫我自己来形容我自己，我也一样不知从何说起。

二

有一年，带着稚龄的小儿小女全家去日本，天气正由盛夏转秋，人到富士山腰，租了匹漂亮的栗色大马去行山径。低枝拂额，山鸟上下，“随身听”里播着新买来的“二弦”古乐。抿 口山村自酿的葡萄酒，淡淡的红，淡淡的芬芳……蹄声嘚嘚，旅途比预期的还要完美……

然而，我在一座山寺前停了下来，那里贴着一张大大的告示，由不得人不看。告示上有一幅男子的照片，奇怪的是那日文告示，我竟也大致看明白了。它的内容是说，两个月前有个六十岁的男子登山失踪了，他身上靠腹部地方因为动过手术，有条十五公分长的疤口，如果有人发现这位男子，请通知警方。

叫人用腹部的疤来辨认失踪的人，当然是假定他已是尸体了。否则凭名字相认不就可以了吗？

寺前痴立，我忽觉大恸，这座外形安详稳重的富士山于我是闲来的行脚处，于这男子却是残酷的埋骨之地啊！时乎，命乎，叫人怎么说呢？

而真正令我悲伤的是，人生至此，在特征栏里竟只剩下那么简单赤裸的几个字：“腹上有十五公分疤痕！”原来人一旦撒了手，所有人间的形容词都顿然失效，所有的学历、经验、头衔、土地、股票持份或勋功伟绩全都不相干了，真正属于此身的特点竟可能只是一记疤瘢或半枚蛀牙。

山上的阳光淡寂，火山地带特有的黑土踏上去松软柔和，而我意识到山的险巇。每一转折都自成祸福，每一岔路皆隐含杀机。如我一旦失足，则寻人告示上对我的形容词便没有一句会和我平生努力以博得的成就有关了。

我站在寺前，站在我从不认识的山难者的寻人告示前，黯然落泪。

三

所有的“我”，其实不都是一个名词吗？可是我们是复杂而又噜苏的人类，我们发明了形容词——只是我们在形容自己的时候却又忽然词穷。一个完完整整的人，岂是能用三言两语胡乱描绘的？

对我而言，做小人物并没什么不甘，却有一项悲哀，就是要不断地填表格，不断把自己纳入一张奇怪的方方正正的小纸片。你必须不厌其烦地告诉人家你是哪年生的？生在哪里？生日是哪一天？（奇怪，我为什么要告诉他我的生日呢？他又不送我生日礼物！）家住哪里？学历是什么？身份证号码几号？护照号码几号？几月几日在哪里签发的？公保证号码几号？好在我颇有先见之明，从第一天起就把身份证和护照号码等一概背得烂熟，以便有人要我填表时可以不经思索熟极而流。

然而，我一面填表，一面不免想“我”在哪里啊？我怎会在那张小小的表格里呢？我填的全是些不相干的资料啊！数据加起来的总和并不是我啊！

尤其离奇的是那些大张的表格，它居然要求你写自己的特长，写自己的语文能力，自己的缺点……奇怪，这种表格有什么用呢？你把它发给梁实秋，搞不好，他谦虚起来，硬是只肯承认自己“粗通”英文你又如何？你把它发给甲级流氓，难道他就承认自己的缺点是“爱杀人”吗？

我填这些形容自己的资料也总觉不放心。记得有一次填完“缺点”以后，我干脆又慎重地加上一段：“我填的这些缺点其实只是我自己知道的缺点，但既然是知道的缺点，其实就不算是严重的缺点。我真正的缺点一定是我不知道或不肯承认的。所以，严格地说，我其实并没有能力写出我的缺点来。”

对我来说，最美丽的理想社会大概就是不必填表的社会吧！那样的社会，你一个人在街上走，对面来了一位路人，他拦住你，说：

“咦？你不是王家老三吗？你前天才过完三十九岁生日是吧？我当然记得你生日，那是元宵节前一天吗！你爸爸还好吗？他小时顽皮，跌过一次腿，后来接好了，现在阴天犯不犯痛？不疼？啊，那就好。你妹妹嫁得还好吧？她那丈夫从小就不爱说话，你妹妹叽叽呱呱的，配他也是老天爷安排好的。她耳朵上那个耳洞没什么吧？她生出来才一个月，有一天哭个不停，你嫌烦，找了根针就去给她扎耳洞，大人发现了，吓死了，要打你，你说因为听说女人扎了耳洞挂了耳环就可以出嫁了，她哭得人烦，你想把她快快扎了耳洞嫁掉算了！你说我怎么知道这些事，怎么不知道，这村子上谁家的事我不知道啊？……”

那样的社会，人人都知道别家墙角有几株海棠，人人都熟悉对方院子里有几只母鸡，表格里的那一堆数据要它何用？

其实小人物填表固然可悲，大人物恐怕也不免此悲吧？一个刘彻，他的一生写上十部奇情小说也绰绰有余。但人一死，依照谥法，也只落一个汉武帝的“武”字，听起来，像是这人只会打仗似的。谥法用字历代虽不太同，但都是好字眼，像那个会说出“何不食肉糜？”的皇帝，死后也混到个“惠帝”的谥号。反正只要做了皇帝，便非“仁”即“圣”，非“文”即“武”，非“睿”即“神”……做皇帝做到这样，又有什么意思呢？长长的一生，最后只剩下一个字，冥冥中仿佛有一排小小的资料夹，把汉武帝跟梁武帝放在一个夹子里，把唐高宗和清高宗做成编类相同的案宗。

悲伤啊，所有的“我”本来都是“我”，而别人都急着把你编号归类——就算是皇后，也无非放进镂金刻玉的数据夹里去归类吧！

相较之下，那惹人訾议的武则天女皇就佻侻多了。她临死之时嘱人留下“无字碑”。以她当时身为母后的身份而言，还会没有当朝文人来谀墓吗？但她放弃了。年轻时，她用过一个名字来形容自己，那是“曌”（读作“照”）是太阳、月亮和晴空。但年老时，她不再需要任何名词，更不需要形容词。她只要简简单单地死去，像秋来喑哑萎落的一只夏蝉，不需要半句赘词来送终。她赢了，因为不在乎。

四

而茫茫大荒，漠漠今古，众生平凡的面目里，谁是我，我又复是谁呢？我们却是在乎的。

明传奇《牡丹亭》里有个杜丽娘，在她自知不久人世之际，一意挣扎而起，对着镜子把自己描绘下来，这才安心去死。死不足惧，只要能留下一副真容，也就扳回一点胜利。故事演到后面，她复活了，从画里也从坟墓里走了出来，作者似乎相信，真切的自我描容，是令逝者能永存的唯一手法。

米开朗基罗走了，但我们从圣母垂眉的悲悯中重见五百年前大师的哀伤。而整套完整的儒家思想若不是以仲尼站在大川上的那一声“逝者如斯夫！不舍昼夜”的长叹作底调，就显得太平板僵直，如道德教条了。一声轻轻的叹息，使我们惊识圣者的华颜。那企图把人间万事都说得头头是道的仲尼，一旦面对巨大而模糊的“时间”对手，也有他不知所措的悸动！那声叹息于我有如二千五百年前的高传真的录音带，至今音纹清晰，声声入耳。

艺术和文学，从某一个角度看，也正是一个人对自己的描容吧？而描容者是既喜悦又悲伤的，他像一个孩子，有点“人来疯”，他急着说：

“你看，你看，这就是我，万古宇宙，就只有这么一个我啊！”

然而诗人常是寂寞的——因为人世太忙，谁会停下来听你说“我”呢？

马来西亚有个古旧的小城叫马六甲，我在那城里转来转去，为五百年来中国人走过的脚步惊喜叹服，正午的时候，我来到一座小庙。

然而我不见神明。

“这里供奉什么神？”

“你自己看。”带我去的人笑而不答。

小巧明亮的正堂里，四面都是明镜，我瞻顾，却只见我自己。

“这庙不设神明——你想来找神，你只能找到自身。”

只有一个自身，只有一个一空依傍的自我，没有莲花座，没有祥云，只有一双踏遍红尘的鞋子，载着一个长途役役的旅人走来，继续向大地叩问人间的路径。

好的文学艺术也恰如这古城小庙吧？香客在环顾时，赫然于镜鉴中发现自己，见到自己的青青眉峰，盈盈水眸，见到如周天运行生生不已的小宇宙——那个“我”。

某甲在画肆中购得一幅大大的弥天盖地的泼墨山水，某乙则买到一张小小的意态自足的“梅竹双清”，问者问某甲说：“你买了一幅山水吗？”某甲说：“不是，我买的是我胸中的丘壑。”问者转问某乙：“你买了一幅梅竹吗？”某乙回答说：“不然，我买的是我胸中的逸气。”

描容者可以描摹自我的眉目，肯买货的人却只因看见自家的容颜。

我的清洁质地，我的致密坚实，
我的莹秀温润，我的斐然纹理，我的清声远扬，
如果玉可以因人的佩戴而复活，
也让人因佩玉而复活吧，
让每一时每一刻的我莹彩暖暖，如冬日清晨的半窗阳光。

完美是难以冀求的，
那么，在现实的人生里，
请给我有瑕的真玉，
而不是无瑕的伪玉。

癫　者

一

癫者走入电影院，坐下来，看了一场越南大战。

当曲终人散，一个穿制服的女孩子带着一把扫帚来清场，她看见癫者正掩面失声。

“出去，”她不耐烦地说，“如果你想看两次，你得再去买票。”

“两次！”癫者为之觳觫，“这样悲惨的电影谁能受得住看两次呢！”

“那么你出去，并且不要把眼泪洒得一地！”

“可是谁能不哭呢？”

“这只是电影，神经病！”

“就是因为它只是电影——我知道真的战争将残酷千倍。”

癫者一路哭了出去，把正午的日头哭成昏月。

二

癫者站在婴儿室的玻璃窗前，他的鼻子贴在冷冷的玻璃上，他的脸孔因而平板得像一张拙劣的画。

“哪一个是你的孩子？”护士小姐走过来亲切地问。

癫者转过身来，张开嘴，因情急而流泪了。

“没有，”他口吃地说，“没有什么人是什么人的孩子，所有的孩子都不属于他们的父母——他们只属于他们自己的命运。”

“你说什么？”护士吃惊了。

“我看见他们的未来。”

“你看见什么？”

“我看见他们将死于刀，死于枪，死于车轮，死于癌，死于苦心焦虑，死于哀毁悲恸，死于老，我看见他们的小脸被皱纹撕坏，他们的肩头被忧苦压伤。”

那善良的护士忽然失手，将针药打了一地，襁褓中熟睡的婴儿遂同声哭了起来。

三

癫者带着一个很大的捕网，走向春天的郊野。

他在芳香得令人难以自持的空气中跳跃着，追逐着，十分忙碌地把他的捕获物塞入背后的大袋中。

一个孩子在旁边看了许久，忽然受不了地大叫了起来。

“你真笨，你连一只蝴蝶都捉不到。”

"我根本就不想捉蝴蝶。"癞者分辩道。

"那么你捉什么？"

"我捕风。"

"什么风？"

"今年春天的风，从岩穴来的风，穿过毵毵金缕的风。"

"你捉到了吗？"

"我捉到了，在我背上的行囊里。"

癞者骄傲地展示他的皮袋，但其中空无一物，癞者惊讶地坐地大哭。

"原来是有的，只是现在散了。"

孩子不屑地转身离去，他的运气不错，因为还赶得上到不远的小溪边去——那里有一个高明的捕手，刚好捉到一只耀眼的大彩蝶。

四

癞者在一家百货公司里趑趄，立刻引起店员的怀疑。

"要买什么？"她们大声咆哮。

"听说，听说你们有一种新货色，叫作爱情。"

"是的，那是一种洗衣机。"

癞者黯然垂首。

"没有人将多余的爱放在这里寄售吗？"

"多余？"女店员尖声叫了起来，"我们人人自己都缺货呢！"

一架旋转的黑梯把癞者送下楼，癞者觉得自己已被不断地下沉降入地曹。

五

黄昏，癫者拿着一个又冷又干的馒头坐在路边的椅子上啃食。

忽然，他把那无味的馒头揣入怀中，哀哀地哭了起来。

“我多么残忍，”他说，“当我在咀嚼这细致的白面的一分钟，不正有许多跟我一样圆颅方趾的人，因为连粗麦都得不着而饿死吗？”

他就因自己奢侈的晚餐而深悔，竟至终夜无眠。

六

癫者在公园的草地上午寐，有哭声把他吵醒了，他看到两个相咬的孩子。

“你们是一对仇敌吗？”

“不，”他们怀着毒恨说，“我们是兄弟。”

癫者又睡去，并且再度被哭声吵醒，他看到两个相诟的男女。

“你们是一对仇敌吗？”

“不，”他们怀着毒恨说，“我们是夫妻。”

癫者勉强合眼，仍然被哭声吵醒，他看到相执的老人和青年。

“你们是一对仇敌吗？”

“不，”他们怀着毒恨说，“我们是父子。”

癫者于是翻身而起，逃向山中。

七

精神病院的院长带着绳索和从员来找癫者。

"我们听说你是这城中最有名的癫狂者，我们不能让你随便在街上走，你跟我去治疗吧！"

癫者缓缓地抬起他悲哀得令人抽心的眼睛。

"为什么我不能在这城里？"

"因为癫狂的人只应该跟癫狂的人在一起。"

"那么，让我留在街上——因为这里全是癫狂的人。"

"你应该住院。"

"我们的城市就是病院。"

精神病院的院长一跃而上，想要绑住他，但癫者反而绑住了院长，并且把他交给从员。从员们看都不看一眼，便把胡踢乱打的院长架上车，带他到他自己所开设的精神病院去。

八

有人看见癫者在海边刳木为舟，就群聚前观。

其中某个胆子较大的上前来问道：

"癫者，你要走了吗？"

"谁不走呢？谁又有'永久地址'呢？"

"你要到哪里去？"

"你们谁又知道自己往哪里去呢？"

众人中较敏感的已开始为自己低泣。

"你真的是癫狂的吗？"一个孩子跑上前去，抱着他的颈项。

癫者庄严地站起身来，缓缓地说：

"我不配，但我祝福你是，立志做个大癫吧！孩子。"

众人哗然，急去抢救那孩子。

九

有许多日子人们不见癫者，直到第二年春天，非洲菊开得特别绚丽的时候，有一个女孩子说她在澎湃如海的花丛中看到过他的脸。

“真的是他的脸？”有人问。

“我不知道，”女孩说，“我定睛看时，只见春花不见人。”

于是有好事的人去看那片花海。

可是，当他们赶到的时候，连那片花海都不在了。

在生命高潮的波峰，享受它。
在生命低潮的波谷，忍受它。
享受生命，使我感到自己的幸运，
忍受生命，使我了解自己的韧度，
两者皆令我喜悦不尽。

爱我，

只因为我是我，

有一点好有一点坏有一点痴的我，

古往今来独一无二的我，

爱我，只因为我们相遇。

溯 洄

一 掌灯时分

一九三一年，江南的承平岁月依依暖暖如一春花事之无限。

四月，陌上桃花渐歇，栀子花满山漫开如垂天之云。春江涨绿，水面拉宽略如淡水河。江有个名字，叫汨罗江，水上浮着倏忽来往的小船，他的家离江约需走一小时，正式的地名是湖南湘阴县白水乡宴家冲。家里有棵老樟树，树上还套生了一株梅花。黄昏时分年轻的母亲生下这家人家的长孙。五十二年后，她仍能清楚地述起这件事：

“是酉时哩，那时天刚黑，生了他，就掌上灯了。”

渐渐开始有了记忆，小小的身子站在绣花绷子前看母亲绣花。母亲绣月季、绣蝴蝶，以及燕子、梅花。母亲绣大一点的被面、屏幛就先画稿子，至于绣新娘用的鞋面枕套竟可以随手即兴地直接绣下去。绣到一半，不免要停下来料理一下家务。小男孩一俟母亲走开，立刻抓起针往白色缎面上扎下去。才绣几针，母亲回来了，看看，发觉不对，而重拆是很麻烦的。绣花当时是家庭副业，哪容小男孩捣蛋玩这种“奢侈的游戏”，所以按理必须打一顿。只是打完了，小男孩下次仍受不了诱惑又从事这种“探险”，怎样的葱绿配怎样的桃红？怎样以线组成面？为何半瓣梅花、半片桃叶，皆能于光暗曲折之间自有其大起伏大跌宕——这样绣了挨打，打完又绣。奇怪的是忽有一天母亲不打人了，因为七八岁的小男孩已经可以绣到和母亲差不多的程度了。

家里还织布染布，煮染的时候小男孩总在一旁兴奋地守着。如果是染衣服，就更讲究些。母亲懂得如何在袖口领口口袋等处绑上特殊的图案，染好以后松开绑线，留在蓝布或紫布上的白花常令小男孩惊喜错愕。

比较简单的方法是在夏末把整疋布铺在莲花池畔，小男孩跳下池子去挖藕泥，挖好泥浆以后涂在布上曝晒。干了就洗掉，再敷再晒。五六遍以后粗棉布便成了夹褐的灰紫色。家里的男人几乎都穿这种布衣。

还放牛，还自己酿米酒、捡毛栗、捡菌子、捡栀子花结成的栀实。日子过得忙碌而优游——似乎知道日后那一场别离，所以预先贮好整个一生需用的回忆。

十五岁读初中，学校叫汨罗中学，设在屈子祠里。祠就在江边上，学生饮用的便是汨罗江水。做父亲的挑着一肩行李把儿子送到祠中，注了册，直走到最后一进神殿，跪下，对着阳雕金字“楚三闾大夫屈子之神位”叩了三个头，男孩也拜了三下。做父亲的大概没想到磕了三个头后，这中国的诗神便收了男孩为门徒，使男孩的一生都属于诗魂。

起先，在十岁那年，男孩曾跟宋容生教授读过《左传》和《诗经》。宋教授从北大回乡养病，男孩在他家看到故宫的出版品和文物图片，遂悠然有远志。他不知道二十七年以后他自己也进入“故宫”，并且在器物研究之余也是《故宫文物月刊》的编辑委员。他回想起来，觉得遇见宋先生是生平最早出现的大事。另一件大事则是在理化老师家读到了长沙出版的新文学杂志，知道世上有小说、散文和诗歌。

民国三十七年，从军。长沙城的火车站里男孩看着车窗外的舅舅跑来跑去在满月台找他，想抓他回家，他狠心不顾而去。在兵籍簿上他写下自己的名字，因而分到一枚框着红边的学兵符号佩在胸上，上面写着“袁德星”。

二 “到西安城外，娶一汉家平民女子……”

而同一年，远方另有一男孩才一岁，住在西安城的小雁塔下。和他生命相系的最早的这条河叫渭水。

外曾祖父那一代在西安做知府，慈禧逃庚难那一年还是他接的驾。大概由于拥有这么一种家世，他被取了一个大有期许意味的名字：蒋勋。

辛亥革命之后，身为旗人的外曾祖父那一代败落了。外曾祖父临死传下遗命，要儿子必须娶个西安城外的汉家女子，平民出身，刻苦坚忍的那一种，家道才有可能中兴起来。外婆就这样嫁过来。外祖父显然不太爱这位妻子，一径逃到燕京大学去念书了。但这位外婆倒真是过日子的一把好手，丈夫不在，她便养一窝猫。日本人侵华的那些年，西安城里别家没吃的，她却能趁早晨城门乍开之际，擦身偷挤出去。一出城，她便如纵山之虎，城外到处都是她的乡亲朋友，弄点粮食是不成问题的。后来她又把大屋子划成一百多个单位，分租给人，租钱以面粉计，大仓房里面粉堆得满满的。

看到小外孙出生，她极高兴，因为小男孩已有哥哥，她满心相信可以把这孩子祧给母系，所以格外疼爱。西安城里冬天苦冷，她把小婴儿绑在厚棉裤的裤裆里，像一串不容别人染指的钥匙。

母亲当年念了西安女子师范，毕业典礼上的那首歌她一直都在唱：“我们今天是桃李芬芳，明天是社会的栋梁。”她还有一把上海来的蝴蝶牌口琴，后来因为穷，换了面粉，事后大约不免有秦琼卖马之悲，也因此每和父亲吵架，都会把“口琴事件”搬出来再骂一遍。

中国民间女子的豪阔亮烈，蒋勋是在母亲身上看到的。

她到台北的“故宫博物院”去参观，看到那些菲薄透明的瓷碗，冷冷笑道：

“这玩意儿，我们家多的是，从前，你外婆心情不好的时候，就摔它一个。”

看到贵妇人手上的翡翠，她也笑：“这算什么，从前旗人女子后脑勺都要簪一根扁簪，一尺长咧，纯祖母绿，放在水里，一盆尽绿——这种东西，逃难的时候，还不是得丢吗？丢了就丢了就是了。”

母亲有着对美的强烈直觉和本能，却能不依恋，物我之间，清净无事。

往南方逃亡的时候，已经是一九五一年了，逃到福建，从长乐上船。小男孩哭，母亲把他藏在船舱下面，吓唬他不准再哭了——早期的恐惧经验在后来少年的心里还不断成为梦魇，他时时梦见古井，梦到惊惶的窒闷和追捕。

暂时住在西沙群岛一个叫白犬的地方，好心的打鱼人有时丢给他们几尾鱼，日子就这样过下来。奇怪的是，许多年后，做姊姊的仍然恋恋不舍想起那些渔人分给他们的鱼：

“好大的鱿鱼啦，拿来放在灰里煨熟——哎，那种好吃……”

逃难的岁月，毁家荡产的悲痛都退去了，只剩下一尾好吃的鱼的回忆。

终于，全家到了台湾，住在大龙峒，渭水换成了淡水河，孔庙是小男孩每天要去玩的地方。至于那轻易忘掉翠尺的母亲宁可找些胭脂来为过年的馒头点红，这才是真正的人间喜气。

那一年，是一九五二年。

三　失踪的湖

一九五二年，小女孩九岁，住在一个叫湾仔的地方。逃学的坡路上有杂色的马缨丹，刚刚够一个小女孩可以爬得上去。热闹的街角有卖凉茶的，她和妹妹总是去喝——为的是赚取喝完之后那粒好吃的陈皮梅。当然，还有别的：例如迷途的下午被警察牵着回家时留在手心的温暖，例如高斜如天梯的老街，例如必须卷起舌头来学说的广东话，例如假日里被年轻父亲带去浅水湾玩水的喜悦，例如英记茶行那份安详稳泰的老店感觉……然而，这一家人住在那栋楼上是奇怪的——他们是蒙古族人，整个湾仔和整个港岛对他们而言，还不及故乡的一片草原辽阔，草原直漫到天涯，草香亦然，一条西喇木伦河将之剖为两半，父亲和母亲各属于左岸和右岸，而伯父和祖父沿湖而居，那湖叫汗诺日美丽之湖（汗诺日湖系蒙语“皇帝之湖”的意思）。二次大战前日本某学术团体曾有一篇《蒙古高原调查记》，文中描述的湖是这样的：

> 沿途无限草原，由远而近，出现名曰汗诺日的美丽之湖，周围占地约四华里，湖水清湛，断定为一淡水湖，湖上万千水鸟群栖群飞，牛群悠然饮水湖边，美景当前，不胜依恋……

但对小女孩而言，河亦无影，湖亦无踪，她只知道湾仔的炫目阳光，只知道下课时福利社里苏打水的滋味。五年之间，由小学而初中，她的同学都知道她叫席慕蓉，没有人知道她真正的名字叫穆伦·席连勃，那名字是“大江河”的意思。

读到初一，全家决定来台湾，住在北投的山径上，那一年是一九五四年，她十一岁了。

四　湖口街头初绽的梅幅

那一年，袁德星早已辗转经汉口、南京、上海而基隆而湖口，在岛上生活五年了。“受恩深处便为家”，他已经不知不觉将湖口认作了第二故乡。

也许因为有个学了点裱画的朋友，他也凑趣画些梅花、枇杷让对方裱着玩，及至裱好了两人又拿到湖口街上唯一的画店去悬挂。小镇从来没出现过这种东西，不免轰动一时——算来也许是他的第一次画展，如果那些初中时代的得奖壁报不算的话。

楚戈这笔名尚未开始取，当时忙着做的事是编刊物、到田曼诗女士家去看人画画、结交文人朋友。一九五七年，他拿画到台北忠孝西路去裱，裱褙店的人转告他说有人想买此画，遂以六百元成交，那是生平卖出的第一张画，得款则够自己和朋友们大醉一场。

仍然苦闷，一个既不能回乡也不能战死的小兵，在一个偶然的机会里他请缨赴中南半岛作游击战，当时他的一位老大哥赵玉明也报了名，别人问他原因，他说：

“不行啊，袁宝报了名，他那人糊里糊涂，我不跟着去照顾他怎么行呢？”

结果虽然没有成行，好在他却在知识和艺术的领域里找到了更大的挑战！戈之为戈，总得及锋而试啊！

五　密密的芙蓉花，开在防空洞上

搬进村子的第一天，蒋勋就去孔庙看野台歌仔戏。母亲一向喜欢河南梆子，所以也去了。一面看，她一面解释说起来：

“这是《武家坡》啊！”

母亲居然看得懂歌仔戏，也是怪事。家居的日子，母亲是讲故事的能手。她的故事有时简单明了，如：

“那王宝钏啊，因为一直挖野菜来吃，吃啊，吃啊，后来就变成一张绿肚皮……”

她言之凿凿，令人不得不信。也有时候，她正正经经讲起《聊斋》，邻居小孩也凑进来听。弟弟又怕又爱听，不知在哪一段高潮上吓得向后翻倒，头上缝了好几针，这让为人笃实的父亲骂了又骂。

每到三月十二日，公家就发下树苗，当时政府规定家家要做防空洞，幼年的蒋勋和家人便把分到的芙蓉插在防空洞上。芙蓉一大早是白的，渐渐呈粉色，最后才变成艳红。此外又家家种柳，柳树长得泼旺如炽。防空洞当然一次也没用过，却变成小孩游戏的地方，在里面养鸟，养乌龟，连鸭子也跑进里面去秘密地孵了一窝蛋，小孩和鸭子共守这份秘密——及至做母亲的看到凭空冒出一窝小黄鸭，不免大吃一惊。

所谓战争，大概有点像那座防空洞，隐隐地坐落在那里，你不能说它不存在，却竟然上面栽上芙蓉，下面孵着鸭子，被生活所化解了。男孩穿花拂柳一路跑到淡水河堤上去放风筝，跑得太快，线断了，风筝跨河而去。他放弃了风筝转头去看落日，顺便也看跟落日同方位的观音山，观音凝静入定，他看得呆了——那一年，他小学四年级，十岁。

六　我可不可以来学画

十四岁考上台北师范，席慕蓉背个大画夹，开始了她的习画生涯。那一年，在军中的楚戈开始努力看画展和画评，后来因为觉得别人说的不够鞭辟，便自己动手来写。而十三岁的蒋勋出现在民众服务处的教室里，站在老画家的面前问说：

“我没有钱出学费——可不可以来学画？”

老画家凝望了少年一眼，点头说：

“可以啊！”

一九六六年，楚戈退役，考入艺专夜间部美术科。而蒋勋，这时候刚开始念文化大学历史系，毕业以后，又读了文大的艺术研究所，一九七二年，二十五岁的他启程赴巴黎。

“以前我以为西安是我的乡愁，飞机起飞的刹那才知道不是，台湾在脚下变得像一张小小的地图，那感觉很奇怪，我才知道西安是我爸爸妈妈的乡愁，台北才是我自己的乡愁啊！”

七　回

终于能回台湾了，那一年是一九七〇年，心中胀着喜悦，腹中怀着孩子，席慕蓉觉得那一去一回是她生平最大的关键。

蒋勋回台则是在一九七六年。

楚戈也回来了——虽然他并未离台。许多年来，他一向纵身于现代诗与现代画的巨浪里，但从一九六八年供职“故宫博物院”开始，也陆续发表了不少有关青铜器的论文。一九七一年，他在《中华文化复兴月刊》上辟栏连续写了两年《中国美术史》。认识他的人不免惊奇于他向传统的急遽回归，但深识他的人也许知道，楚戈的性情是变中有不变，不变中有变的。

一九八一年，蒋勋出版《母亲》诗集，在序文里，他说：

“我读自己第一本诗集《少年中国》，发现有许多凄厉的高音，重复的时候，格外脸红。”

接着他又说：

“这几年我在大屯山下，常常往山上走走。一到春天，地气暖了，从山谷间氤氲着云岚，几天的雨，使溪涧四处响起，哗啦哗啦，在乱石间争窜奔流，在深洼之处汇聚成清澈的水潭。……我观看这水，只是看它在动、静、缓、急、回、旋、崩、腾，它对自己的形状好像丝毫没有意见，在陡直的悬崖上奋力一跃，或澄静如处子，那样不同的变貌，你还是认得出它来，可以回复成你知道的水。

“我对人生也有这样的向往，无论怎样多变，毕竟是人生。

“我对诗也有这样的向往，无论怎样的风貌，毕竟是诗，不在乎它是深渊，是急湍，是怒涛，是浅流。它之所以是诗，不在于它的变貌，而在于你知道它可以回复成诗。”

回来的不只是从前那个离去的蒋勋，还要更多，多了一整腔沉潜的关情。一九七三年，他接受了东海美术系系主任的职位。

至于席慕蓉，她在一个叫龙潭的地方住了下来，画画、教画、写诗并且做母亲。前后开的画展分别是人像系列、明镜系列、荷花系列、夜色系列。

楚戈的情节发生了一点变化，一九八〇年底他发现得了鼻咽癌，此后便一只手抗癌，一只手工作，且战且前却也出版了三本书，四次离台，开了港、台五六次画展。

八　各在水一方

一九八六年秋，蒋勋为毕业班同学开了一门课名叫“文人画”，他自己和楚戈、席慕蓉合授此课。属于渭水和淡水河的蒋勋，属于汨罗江和外双溪的楚戈，属于西喇木伦和大汉溪的席慕蓉，本是三条流向不同的河，此刻却在交会处冲积出肥腴的月湾土壤。

“学生受了四年的专业训练，”蒋勋说，“我现在着急的不是要为他们再‘立’什么，而是要为他们“破”，找三个人来开这门课，就是要为他们‘破一破’！”

受惠的不只是学生，三个老师也默默欣赏起彼此的好处来。那属于蒙古高原的席慕蓉，可以汲饮汨罗之水，那隶籍福建却来自西安小雁塔的蒋勋可以细绎草原的秩序，至于那来自楚地的楚戈亦得聆听大度山的清歌。一干原来不可能相逢的人物，在灾劫之余相知相遇，并且互灌互注，增加了彼此的水量与流速，形成一片美丽丰沃的流域。

九　溪谷桃李

一九八七年春四月，沿太鲁阁国家公园的绿水、文山、回头弯、九梅一路走下去是桃塞（原名陶塞，此处是故意的笔误）溪和整片石基的河床。再往里面走，则是密不透天的桃花，桃花开得极饱满的时候雄峙如一片颇有历史感的故垒。躺在树下苔痕斑斑的青石上看晴空都略觉困难——那一天，教室便在花下。

“席老师，”一个女孩走来，眼神依稀是自己二十年前的困惑，“这桃花，画它不下来，怎么办？”

“画不下来？”她的口气有时刚决得近于凶狠，“你问我，我告诉你，我自己也画它不下来呀！谁说你要画它下来的？你就真把它画了下来，又怎么样？”

“画家这行业根本是多余的！”爬到一块大石头上的蒋勋自言自语地宣布，这话，不知该不该让学生听到。忽然，他对着一块满面回纹的石头叫了起来，“你看，这是水自己把自己画在石头上了。”

楚戈则更无行无状，速写簿上一笔未着，却跟一位当地的“莲花池庄主”聊上了，一个劲地打听如何来此落地生根。

“山水，”蒋勋说，“我想是中国人的宗教。”

那山是坐落于大劫大难与大恩大宠之间的山，那水是亦悲激亦喜悦之水。那山是半落青天之外淡然复兀然的山，那水是山中一夜雨后走势狂劲直奔人间不能自止的水——各挟其两岸的风景以俱来。

一阵风起，悬崖上的石楠撒下一层红雾，溪水老是拣最难走的路走，像一个自己跟自己过不去的艺术家，弄得咻咻不已。师生一行的语音逐渐稀微，终至被风声溪声兼并，纳入一山春声。

——写于一九八七年五月三人联袂画展前夕

月自光其光，
霜自冷其冷。

玉　想

一　只是美丽起来的石头

一向不喜欢宝石——最近却悄悄地喜欢了玉。

宝石是西方的产物，一块钻石，割成几千几百个“割切面”，光线就从那里面激射而出，挟势凌厉，美得几乎具有侵略性，使我不由得不提防起来。我知道自己无法跟它的凶悍逼人相埒，不过至少可以决定“我不喜欢它”。让它在英女王的皇冠上闪烁，让它在展览会上伴以投射灯和响尾蛇（防盗用）展出，我不喜欢，总可以吧！

玉不同，玉是温柔的，早期的字书解释玉，也只说：“玉，石之美者。”原来玉也只是石，是许多混沌的生命中忽然脱颖而出的那一点灵光。正如许多孩子在夏夜的庭院里听老人讲古，忽有一个因洪秀全的故事而兴天下之想，遂有了孙中山。所谓伟人，其实只是在游戏场中忽有所悟的那个孩子。所谓玉，只是在时间的广场上因自在玩耍竟而得道的石头。

二　克拉之外

钻石是有价的，一克拉一克拉地算，像超级市场的猪肉，一块块皆有其中规中矩称出来的标价。

玉是无价的，根本就没有可以计值的单位。钻石像谋职，把学历经历乃至成绩单上的分数一一开列出来，以便叙位核薪。玉则像爱情，一个女子能赢得多少爱情完全视对方为她着迷的程度，其间并没有太多法则可循。以撒·辛格（诺贝尔奖得主）说：“文学像女人。别人为什么喜欢她以及为什么不喜欢她的原因，她自己也不知道。”其实，玉当然也有其客观标准，它的硬度，它的晶莹、柔润、缜密、纯全和刻工都可以讨论，只是论玉论到最后关头，竟只剩“喜欢”两字，而喜欢是无价的，你买的不是克拉的计价而是自己珍重的心情。

三　不须镶嵌

钻石不能佩戴，除非经过镶嵌，镶嵌当然也是一种艺术，而玉呢？玉也可以镶嵌，不过却不免显得“多此一举”，玉是可以直接做成戒指镯子和簪笄的。至于玉坠、玉珮所需要的也只是一根丝绳的编结，用一段千回百绕的纠缠盘结来系住胸前或腰间的那一点沉实，要比金属性冷冷硬硬地镶嵌好吧？

不佩戴的玉也是好的，玉可以把玩，可以做小器具，可以做既可卑微的去搔痒、亦可用以象征富贵吉祥的“如意”，可做用以祀天的璧，亦可做示绝的玦，我想做个玉匠大概比钻石割切人兴奋快乐，玉的世界要大得多繁富得多，玉是既入于生活也出于生活的，玉是名士美人，可以相与出尘，玉亦是柴米夫妻，可以居家过日。

四　生死以之

一个人活着的时候，全世界跟他一起活——但一个人死的时候，谁来陪他一起死呢？

中古世纪有出质朴简直的古剧叫《人人》（*Every Man*），死神找到那位名叫人人的主角，告诉他死期已至，不能宽贷，却准他结伴同行。人人找“美貌”，“美貌”不肯跟他去，人人找“知识”，“知识”也无意到墓穴里去相陪，人人找“亲情”，“亲情”也顾他不得……

世间万物，只有人类在死亡的时候需要陪葬品吧？其原因也无非由于怕孤寂，活人殉葬太残忍，连土俑殉葬也有些居心不仁，但死亡又是如此幽阒陌生的一条路，如果待嫁的女子需要“陪嫁”来肯定来系连她前半生的娘家岁月，则等待远行的黄泉客何尝不需要“陪葬”来凭藉来思忆世上的年华呢？

陪葬物里最缠绵的东西或许便是玉琀蝉了，蝉色半透明，比真实的蝉为薄，向例是含在死者的口中，成为最后的、一句没有声音的语言，那句话在说：

“今天，我入土，像蝉的幼虫一样，不要悲伤，这不叫死，有一天，生命会复活，会展翅，会如夏日出土的鸣蝉……”

那究竟是生者安慰死者而塞入的一句话，抑是死者安慰生者而含着的一句话？如果那是愿心，算不算狂妄的侈愿？如果那是谎言，算不算美丽的谎言？我不知道，只知道玉琀蝉那半透明的豆青或土褐色仿佛是由生入死的薄膜，又恍惚是由死返生的符信，但生生死死的事岂是我这样的凡间女子所能参破的？且在这落雨的下午俯首凝视这枚佩在自己胸前的被烈焰般的红丝线所穿结的玉琀蝉吧！

五　玉肆

我在玉肆中走，忽然看到一块像蛀木又像土块的东西，仿佛一张枯涩凝止的悲容，我驻足良久，问道：

“这是一种什么玉？多少钱？”

“你懂不懂玉？”老板的神色间颇有一种抑制过的傲慢。

“不懂。”

“不懂就不要问！我的玉只卖懂的人。”

我应该生气应该跟他激辩一场的，但不知为什么，近年来碰到类似的场面倒宁可笑笑走开。我虽然不喜欢他的态度，但相较而言，我更不喜欢争辩，尤其痛恨学校里“奥瑞根式”的辩论比赛，一句一句逼着人追问，简直不像人类的对话，嚣张狂肆到极点。

不懂玉就不该买不该问吗？世间识货的又有几人？孔子一生，也没把自己那块美玉成功地推销出去。《水浒传》里的阮小七说：“一腔热血，只要卖与识货的！”但谁又是热血的识货买主？连圣贤的光焰、好汉的热血也都难以倾销，几块玉又算什么？不懂玉就不准买玉，不懂人生的人岂不没有权利活下去了？

当然，玉肆老板大约也不是什么坏人，只是一个除了玉的知识找不出其他可以自豪之处的人吧？

然而，这件事真的很遗憾吗？也不尽然，如果那天我碰到的是个善良的老板，他可能会为我详细解说，我可能心念一动便买下那块玉，只是，果真如此又如何呢？它会成为我的小古玩。但此刻，它是我的一点憾意，一段未圆的梦，一份既未开始当然也就不致结束的情缘。

隔着这许多年如果今天那玉肆的老板再问我一次是否识玉，我想我仍会回答不懂，懂太难，能疼惜宝重也就够了。何况能懂就能爱吗？在竞选中互相中伤的政敌其实不是彼此十分了解吗？当然，如果情绪高昂，我也许会塞给他一张《说文解字》抄下来的纸条：

> 玉，石之美有五德
>
> 润泽以温，仁之方也；
>
> 鰓理自外，可以知中，义之方也；
>
> 其声舒扬，专以远闻，智之方也；
>
> 不挠而折，勇之方也；
>
> 锐廉而不技，洁之方也。

然而，对爱玉的人而言，连那一番大声镗鞳的理由也是多余的。爱玉这件事几乎可以单纯到不知不识而只是一团简简单单的欢喜。像婴儿喜欢清风拂面的感觉，是不必先研究气流风向的。

六　瑕

付钱的时候，小贩又重复了一次：

“我卖你这玛瑙，再便宜不过了。”

我笑笑，没说话，他以为我不信，又加上一句：

“真的——不过这么便宜也有个缘故，你猜为什么？”

“我知道，它有斑点。”本来不想提的，被他一逼，只好说了，免得他一直啰唆。

“哎呀，原来你看出来了，玉石这种东西有斑点就差了，这串项链如果没有瑕疵，哇，那价钱就不得了啦！”

我取了项链，尽快走开。有些话，我只愿意在无人处小心地、断断续续地、有一搭没一搭地说给自己听：

对于这串有斑点的玛瑙，我怎么可能看不出来呢？它的斑痕如此清清楚楚。

然而买这样一串项链是出于一个女子小小的侠气吧，凭什么要说有斑点的东西不好？水晶里不是有一种叫“发晶”的种类吗？虎有纹，豹有斑，有谁嫌弃过它的皮毛不够纯色？

就算退一步说，把这斑纹算瑕疵，世间能把瑕疵如此坦然相呈的人也不多吧？凡是可以坦然相见的缺点都不该算缺点的。纯全完美的东西是神器，可供膜拜。但站在一个女人的观点来看，男人和孩子之所以可爱，正是由于他们那些一清二楚的无所掩饰的小缺点吧？就连一个人对自己本身的接纳和纵容，不也是看准了自己的种种小毛病而一笑置之吗？所有的无瑕是一样的——因为全是百分之百的纯洁透明，但瑕疵斑点却面目各自不同。有的斑痕像鲜苔数点，有的是沙岸逶迤，有的是孤云独去，更有的是铁索横江，玩味起来，反而令人忻然心喜。想起平生好友，也是如此，如果不能知道一两件对方的糗事，不能有一两件可笑可嘲可詈可骂之事彼此打趣，友谊恐怕也会变得空洞吧？

有时独坐细味“瑕”字，也觉悠然意远，瑕字左边是玉旁，是先有玉才有瑕的啊！正如先有美人而后才有“美人痣”。先有英雄，而后有悲剧英雄的缺陷性格（tragic flew）。缺憾必须依附于完美，独存的缺憾岂有美丽可言，天残地阙，是因为天地都如此美好，才容得修地补天的改造的涂痕。一个“坏孩子”之所以可爱，不也正因为他在撒娇撒赖蛮不讲理之外有属于一个孩童近乎神明的纯洁了直吗？

瑕的右边是叚，叚有赤红色的意思，瑕的解释是“玉小赤”，我也喜欢瑕字的声音，自有一种坦然的不遮不掩的亮烈。

完美是难以冀求的，那么，在现实的人生里，请给我有瑕的真玉，而不是无瑕的伪玉。

七　唯一

据说，世间没有两块相同的玉——我相信，雕玉的人岂肯去重复别人的创制。

所以，属于我的这一块，无论贵贱精粗都是天地间独一无二的。我因而疼爱它，珍惜这一场缘分，世上好玉万千，我却恰好遇见这块，世上爱玉人亦有万千，它却偏偏遇见我，但我们之间的聚会，也只是五十年吧？上一个佩玉的人是谁呢？有些事是既不能去想更不能嫉妒的，只能安安分分珍惜这匆匆的相属相连的岁月。

八　活

佩玉的人总相信玉是活的，他们说：

“玉要戴，戴戴就活起来了哩！”

这样的话是真的吗，抑或只是传说臆想？

我不知道自己能不能把一块玉戴活，这是需要时间才能证明的事，也许几十年的肌肤相亲，真可以使玉重新有血脉和呼吸。但如果奇迹是可祈求的，我愿意首先活过来的是我，我的清洁质地，我的致密坚实，我的莹秀温润，我的斐然纹理，我的清声远扬，如果玉可以因人的佩戴而复活，也让人因佩玉而复活吧，让每一时每一刻的我莹彩暖暖，如冬日清晨的半窗阳光。

九　石器时代的怀古

把人和玉、玉和人交织成一的神话是《红楼梦》，它也叫《石头记》，在补天的石头群里，主角是那三万六千五百零一块外多出的一块，天长日久，竟成了通灵宝玉，注定要来人间历经一场情劫。

他的对方则是那似曾相识的绛珠仙草。

那玉，是男子的象征，是对于整个石器时代的怀古。那草，是女子的表记，是对榛榛莽莽洪荒森林的思忆。

静安先生释《红楼梦》中的玉，说“玉”即“欲”，大约也不算错吧？《红楼梦》中含玉字的名字总有其不凡的主人，像宝玉、黛玉、妙玉、红玉，都各自有他们不同的人生欲求。只是那欲似乎可以解作英文里的want，是一种不安、一种需索，是不知所从出的缠绵，是最快乐之时的凄凉，最完满之际的缺憾，是自己也不明白所以的惴惴，是想挽住整个春光留下所有桃花的贪心，是大彻大悟与大恋栈之间的摆荡。

神话世界每是既富丽而又高寒的，所以神话人物总要找一件道具或伴当相从，设若龙不吐珠，嫦娥没有玉兔，李聃失了青牛，果老走了肯让人倒骑的驴或是麻姑少了仙桃，孙悟空缴回金箍棒，那神话人物真不知如何施展身手了——贾宝玉如果没有那块玉，也只能做美国童话《绿野仙踪》里的“无心人”奥迪斯。

“人非木石，孰能无情”，说这话的人只看到事情的表相，木石世界的深情大义又岂是我们凡人所能尽知的。

十　玉楼

如果你想知道钻石，世上有宝石学校可读，有证书可以证明你的鉴定力。但如果你想知道玉，且安安静静地做你自己，并且从肤发的温润、关节的玲珑、眼目的清澈、意志的凝聚、言笑的清朗中去认知玉吧！玉即是我，所谓文明其实亦即由石入玉的历程，亦即由血肉之躯成为“人”的史页。

道家以目为“银海”，以肩为玉楼，想来仙家玉楼连云也不及人间一肩可担道义的肩胛骨为贵吧？爱玉之极，恐怕也只是返身自重吧？

桑下岂无三宿恋，

樽前聊与一身归。

天　门

——记旅法画家朱德群先生

一　樟木箱里的朱砂仍在红着

是三伏暑天，白土镇的太阳直哗哗地照下来，大院子里陆续搬出来好多好多只大樟木箱子。箱子扎实芬芳而巨大，在阳光下有一种千年不变的悠悠强势，简直像一列森严的城寨子一般坚固威猛。

男孩有七八岁了，浓眉大眼隆准，嘴唇习惯性地紧闭着，有一种和他年龄不相称的自恃自重的神气。屋子里散发着长年以来隐约的草药香，箱子里则传来淡淡的樟脑味，男孩浑然不觉，入定似的站在阳光下，阳光把一切晒成空无状态，四下有一种奇怪的宁静。男孩有几分紧张，箱子就要打开了——

真打开了！每年这种时节，做医生的父亲，都要晒晒箱子里的宝贝，小男孩瞪着眼睛看，只见一会儿是查士标的山水，一会儿是仇十洲的人物，一会儿是董其昌的对联，一会儿是深深黯黯的绢画。绢画画的是什么，小男孩也不甚了然，但那凝重如华北平原泥土的绢色却令小男孩迷惑，古绢的颜色，其实就是岁月的颜色啊！那幅画其实是作者和岁月一起画出来的，小男孩当然说不清楚，但晒画的日子总是兴奋的。他不知道那是他最初接触的画展，年年七月，铺陈在烈阳下的中国历代画家的回顾展。

其实印象最深的也许不是那些伟大的名字，而是樟木箱的大盖子乍然掀开时，从闭锁的沉暗中忽然夺箱而出的石绿和朱砂的颜色，那样鲜艳跳脱，男孩迷惑了，几百年前的画怎么好像今天上午才刚刚着好色似的？

二　画门神的张师傅

张师傅住在对街，微微有些瘸腿，年纪有五六十岁了。

男孩站在店门口，看张师傅拿起一支毛笔，在纸上画了起来，男孩的父亲也画，但他隐约知道这张师傅的画法和父亲不同。张师傅正在画一幅门神，是刚才一家人家来订的，墙上还悬着一张财神画，也是村人订的。墙角则堆些白纸扎成的房子车马，是丧家要用来烧给死人的。张师傅画画的时候，凝定专注，有一份不自觉的庄严，几乎令人忘记他是个瘸子了。

张师傅窄逼而昏暗的小店面里有一种神秘不可解的气氛，他是一个那样卑微不起眼的角色，却能把生前和死后的福气随手许给众人。他把平安给了那些来订门神画的，让厉鬼邪魔不敢入侵；他把富裕的希望给了那些求财神画的；他把丰盛的衣食住行给了那些只身前赴黄泉的，让他们无虞匮乏。一个卑微的张师傅，如何在一挥毫之际横跨在可知与不可知的世界之间，把人间和阴间的好处慷慨地一一散给众人？

男孩的眼睛大而黑，看起东西来有一种专精不二欲搏欲攫的表情，像白土镇上盘桓于松林之上的青鹰。

三　你不知道下一秒钟会发生什么

他渐渐感觉到自己的成长，感觉到自己体内用不完的弥弥精力，整个身体像通了电的导体，急于发动。他迷上了球，迷上了运动，而最迷人的却是在运动的时候自己的身体充满弹性，每一个别人的身体也充满弹性，每个球员自己本身就像一触即发的球类，全场每个人都要对场子上别人的动作立即反应，球场因此成为不可预期的地方，每一秒钟都有情况，每一个动作都可能让形势逆转……

“我本来想去考体专的，”五十年后，他回忆往事淡淡地笑了，“可惜家里不准，所以就去考艺专——”

一张画和一场球赛对他来说其实是一个东西，两者都充满无限的可能，你都不知道下一秒钟情况会转成什么！运动和绘画最迷人的地方皆在于此。

除了学校的体育，他最不能忘怀的是猎兔。每到冬天，绝早起床，长辈带着驯好的鹰，到朱家的大陵墓上去。陵墓深达十几公里，枯黄的土石坡上，孩子们各拿一根竹竿，每隔一百公尺站一个，一声令下，只消拿竹竿在地上横向一拨，黄褐色的野兔便从石缝里窜逃出来，青鹰立刻一攫成擒。青鹰俯冲的角度准确无比，它惯于先用拇指往兔子尾部一插，等兔子惊痛回首，再用其他三指兜住兔胸，便把整只尺把长的野兔握在掌里提飞而起了。

一个冬天总要捉二三百只兔子，少年一遍遍地看，仍觉不可思议，他隐约知道那样在一秒钟之间发生且完成的精准手法，那样从高天俯冲然后腾空的生动轨迹和日后自己要做的事是有些关联的。至于那冬日的枯原，原上的青鹰，鹰爪上一攫成擒的野觅，许多年来已成为心中一种熟悉的律动——创作从灵思一现到灵思成擒，不也是这样的吗？

四　借来的名字

村子周围是河，河边长满二人才能合抱的大柳树，春来千丝万绪，日复一日更绿胀起来，男孩已成长为少年。他爱自己到一个地方去玩，那地方叫天门寺。

一般寺庙都建在山上，这座寺很特别，建在谷底，反而四山如插，垂手拱立。天门寺离家只有七里路，少年放了假便自己跑来。灰墙俨然，巨大的松树在半天空里举起一片小草原，僧人从长廊行过，悄然无息，如同风声、钟声或松涛，一一都成为梵唱的一部分。

四十年后，在巴黎，在画完水墨或写完字的时候，他落下“天门居士”的名字。

想起故乡徐州，他总想起那些山，枯索的、多石多棱角的山，像乡人方棱的脾性。

那大寺为什么叫天门呢？那少年后来不曾有任何宗教信仰，对他而言，大自然就是那扇天门，由人而天的门。

那些山后来没想到成了哥哥打游击的屏障，为了峻拒日本人，哥哥带着游击队藏在山里，日本人不明就里，撞了进去，不料层峦叠嶂，处处都是死亡关卡。日本人吃了亏，后来就用轰炸来报复，他们家也就在轰炸中灰飞烟灭，包括那一大箱一大箱的收藏，那在三伏天的阳光上，比正午的日照更灿烂的记忆。

少年自己的名字叫朱德翠，他有个堂哥名叫朱德群，但世事难料，后来少年和堂哥竟用了同一个名字。事情是由于十五岁那年，初中毕业，来不及等毕业证书到手，立刻直奔杭州，打算和朋友会合，再学点素描，好能去考向往已久的杭州艺专。当时拿了堂哥的毕业证书去考，也让他考中了，等他去找老师说明真相，想改回本名的时候，学籍已经报上去了。他只好将错就错，一生一世和堂哥共用一个名字。他没有想到这个名字后来会成为播扬画坛的一个名字——如果说他比一般人更不在乎名气应该是可信的，反正“朱德群”于他只是借来的番号。让别人去记那个可有可无的名字，他要做的事很简单，他要好好监督自己，他要自己更丰富，他希望这个“自己”能画出更好的画来。至于这个“自己”叫朱德群或朱德翠又有什么相干呢？

连“天门居士”也是借来的名字，他是和寺同名，和寺一同立在神人之间的。

五　反正有手在

进了杭州艺专，他忽然狠下心放弃了打球。

“不行，人只能选一样，打完了球画画，连手指都是抖的。”

必须有大割舍吧！想要有所攫取的人怎能不有所抛散。虽然只是一双手，但这双手却不可不小心持护。

当时的军训教育是在前三个月里把来自各校的人集中来上的。在十一个人的班里，他因为长得高，是排头，另外有个小个子，叫吴冠中，是排尾。他每次做完徒手动作跑到排尾站好，就刚好和小个子的吴冠中站在一起，两个人之间因而产生了一段友谊。如果没有碰到朱德群，吴冠中大约会读他那愈来愈觉无趣的电机，但由于这个狂热的朋友，他也练起画来了，特别是素描和水彩部分。从四月一日到六月三十日，军训集训结束，“画训”也完成。那个暑假朱德群干脆没有回家，陪着这个朋友待他考取艺专，这人至今也是大陆上有名的画家了。

“如果现在有一个年轻人，如果现在他是你的学生，你会给他什么劝告呢？”六十岁以后，有人这样问他。

“素描，素描的底子最重要！而且水墨和西画要并重——因为到后来这两样其实是一样东西，还有，就是他不能有名利心，人一有名利心，就难有大发展了。”

“你自己还有没有保留早期的素描？”

“没有，一九五五年去法国以前的画一张也没有了，我念书时期的画都放在老家，日本人一轰炸，二三进的大房子全部片瓦不留了。后来我毕业做助教，在重庆留了一批画，还都的时候一张也没带。离开大陆来台湾也没带画——当时也不觉得可惜，反正有手在，丢了画算什么？一九五五年在中山堂开画展，卖了画就做去巴黎的旅费，这次回来想找我卖出去的画，可惜一张也没找着——”

找不到早期的画虽然不无遗憾，但人到巴黎之后，已有三十年了，每年要画出五六十幅，至今也有一千五百幅以上了，有手在，总不怕没有画吧？

六　也该从形里解脱出来了

“在法国，你怎么开始画抽象画的？”

“其实，”他的妻子替他回答，“刚到巴黎的时候，因为参加两次春季沙龙，临时画了属于具象的两幅人像去，也都得了奖哩！”

“我当时画具象也画了二十多年，觉得也该让自己从形里解脱出来才对，我希望能画一种更自由更奔放更离谱的东西。我喜欢抽象，是因为它让看画的人更多用自己想象的权利——其实抽象和具象并无好坏之别，抽象画有好画也有坏画，具象也是，画抽象画具象画纯粹是画家个人性向问题。”

“一个人，到满街都是画家的地方打天下，开头的时候，日子会不会很苦？”

“是啊，”朱太太说，“紧的时候就只能吃面包——其实那时候我们还是有钱的——但画廊没有给我们，我们就拉不下脸来去要。外国朋友听了都笑我们傻，该要的钱，有什么不好意思的，但我们中国人就是脸皮薄——而且又替画廊想，怕画廊不好意思呢！”

“当时你初到巴黎，有没有特别受到某个画家的影响？”

“有，有位叫尼歌尔斯塔（Nicola de STAËL）的画家，他是沙皇时代的人，后来在比利时的皇家艺术学院学画。他初到巴黎穷愁潦倒，后来又忽然大出风头，给人捧上天；忽冷忽热之间大概失去了适应力，四十多岁的人，就这样自杀了。我当时到巴黎不久，他的回顾展在国立现代博物馆展出。不得了，一百四五十幅画，一起拿出来，那时是秋天，十一月前后，我到博物馆去看，惊奇一个人怎么可以画到如此奔放不羁，我选择抽象画绝对和这人有关系。”

“能够刚去就被画廊看上应该算是幸运的吧？”

“对，的确很幸运，尤其当时的我除了会画画以外，什么都不懂。说来好笑，当时我在巴黎碰到学音乐的许常惠，两人住在同一个旅舍。许常惠说要带个日本朋友来看我的画，我又不懂日文，那日本人看了以后，透过许常惠比手画脚强调我一定要有个经纪人。有一次，我拿画到画廊去，经过几次来往，他们对我很欣赏；但那时是夏天，巴黎人一到夏天便要去度假——忽然有一天，星期天早上，我还没起床，就有人来叩门，说要完全经营我的画，说要跟我订合同——我当时愣住了。我连什么叫合同都不知道，所以赶快去请教朋友什么叫合同，可不可以订？朋友笑了，说合同嘛，就像结婚，订是可以订的，只是要小心有没有不利于你的条文，后来我跟这画廊合同一订就是六年。”

七 传统的包袱有什么不好？是你自己提不动罢了

“有没有西方画评家，会把你们归类成东方画家？‘东方的’或者‘中国的’，会不会变成了你的设限？”

“一般来说，是有这种倾向。西方画评家，碰到东方画家，习惯地要说上几句：‘他表现了中国的、韩国的或者日本的趣味’什么的……”

“你呢？会不会受这种说法的影响，弄得自己必须去‘中国’一点，这件事会不会影响你的创作？”

“不会，我从来没有要刻意表达什么中国，我知道‘中国’自然会从我笔端出来的——其实以前在国内我倒是很西化的一个人，没想到人到国外反而跟传统认同了。像西方画家，他们画风景，一向只算人物的背景罢了——但是中国画，像范宽的溪山行旅，像李唐的万壑松风，你去看他们的画，一块块石头都画得跟铁一样重，他们不仅仅在画自然，也画人跟自然的关系。你看他们的画，你就知道他们跟自然有关系，你就知道他们画出来的是他们体会出来的东西；中国山水的艺术性，显然比西画要高出许多。西方人对大自然有其客观的分析——但中国人对山水对月光却是善感的……”

“你自己为什么要选择油画呢？”

“因为油画有最大的可能性，像表现光，表现色，都可以没有阻碍。油画像大交响乐团，有最大的包容性。”

“有的画家，很急于摆脱传统，你呢？”

“这真是笑话，传统有什么不好？为什么要排斥？有人骂‘传统的包袱’，我说，这‘传统的包袱，是你没那个力气，提不起来罢了！要是提得起来，可够你用的了’。”

八　如果再年轻一次

“如果你自己能再年轻一次，你会怎么样选择？你会怎样要求自己？”

“我？”他毫不犹疑地冲口而出：“我要多读中国文学，画家画到最后，需要的就是这个——”

在巴黎城东，在城里和城外交界处，朱德群的画室高踞在十九层的顶楼（这栋大楼属于政府，下层作其他用途，顶楼则廉价——约合台币近万元——租给职业画家，在他们居住的那一区里这类画室共有六个，法国政府对巴黎这“艺术之都”的美名，是花了些精神和金钱维护的），整排的落地窗外，碗大的玫瑰正盛放，全个巴黎尽收眼底。画室约十坪[1]大，古典音乐和阳光一起流漾生辉——在这间屋子里，他翻得最勤的两套书是《全唐诗》和《全宋词》。他也写字，也画水墨，每当此时，他会想起父亲，那逼他写颜字写隶书的父亲。但私底下，他却偷偷写行云流水般的王字，在巴黎的十九层楼上，他仍是“天门居士”，仍是那个在古城城郊天门寺里玩耍的孩子。

画室下的十八楼是住家，长子以华，次子以峰，都在这个城市长大。叫以华，是要他们不忘中国；叫以峰，则希望孩子登峰造极，——他对孩子的期望其实刚好也是他自己三十年来的成就，他在油画世界里建树了中国这个国度，他攀登了一座座艰难的险峰。

1　台湾省常用的建筑面积单位，原为日本面积单位，1 坪约合 3.3057 平方米。

九　向前走，并且不停地思索

通常早晨从九点到十二点，下午从一点到五点，夏天天亮得早黑得晚，就开始得更早，结束得更晚（巴黎的夏日，有时到十点钟天还亮着）。平均算来，每天可以画到十个小时，这样年复一年，日复一日，除非离开巴黎，他没有一天休假，工作比劳工还要辛苦。

“不能多睡！时间不够用，经不起浪费啊！”他喃喃自语，像一个时间方面的守财奴。从某些方面看，他仍像华北大平原上劳苦的农民，口里唱着“拴住太阳好干活”的那不甘心的跟时间竞走的汉子。

“怎么能到巴黎郊外租间房子画画就好了！租间房子放大画，我一口气把想画的大画都画出来放好，画它一百张存在那里，要是死了，就死了好了！”

明眸凝肤的朱太太坐在一旁，小声地嘀咕了一句，对他开口闭口说死很不以为然。画家每是不顾死活欲泄天机的孩子，女子则常是有效的制衡，把他们拉回生命质朴的本相上来。

“以后的路，你会怎么走？”

“向前走，并且不停地思索。”他说，“技巧不算什么，技巧是一个人想出来表现他思想的，是自然流露出来的，要紧的是一直走，走到更深更远的地方去。”

可以想见的是，在巴黎的东城，在楼高十九层的绝顶，在可以纵览阳光和远景的画室里，在唐诗宋词余芳的熏陶里，在对王羲之、范宽和李唐的思念里，在对于无形之形、无象之象的“执迷且悟”的心情里，他会日复一日地继续画下去——天也许无门，但绘画的手是一双肉质的凿子，可以凿破一线天机。

天地也无非是风雨中的一座驿亭，
人生也无非是种种羁心绊意的事和情。

给我一个解释

一

后来，就再也没有见过那么美丽的石榴。石榴装在麻包里，由乡下亲戚扛了来。石榴在桌上滚落出来，浑圆艳红，微微有些霜溜过的老涩，轻轻一碰就要爆裂。爆裂以后则恍如什么大盗的私囊，里面紧紧裹着密密实实的、闪烁生光的珠宝粒子。

那时我五岁，住南京，那石榴对我而言是故乡徐州的颜色，一生一世不能忘记。

和石榴一样难忘的是乡亲讲的一个故事，那人口才似乎不好，但故事却令人难忘：

“从前，有对兄弟，哥哥老是会说大话，说多了，也没人肯信了。但他兄弟人好，老是替哥哥打圆场。有一次，他说：‘你们大概从来没有看过刮这么大的风——把我家的井都刮到篱笆外头去啦！’大家不信，弟弟说：‘不错，风真的很大，但不是把井刮到篱笆外头去了，是把篱笆刮到井里头来了！’”

我偏着小头，听这离奇的兄弟，自己也不知道自己被什么所感动。只觉心头甸甸的，跟装满美丽石榴的麻包似的，竟怎么也忘不了那故事里活灵活现的两兄弟。

四十年来家国，八千里地山河，那故事一直尾随我，连同那美丽如神话如魔术的石榴，全是我童年时代好得介乎虚实之间的东西。

四十年后，我才知道，当年感动我的是什么——是那弟弟娓娓的解释，那言语间有委屈、有温柔、有慈怜和悲悯。或者，照儒者的说法，是有恕道。

长大以后，又听到另一个故事，讲的是几个人在联句（或谓其中主角乃清代画家金冬心），为了凑韵脚，有人居然冒出一句："飞来柳絮一片红"的句子。大家面面相觑，不知此人为何如此没常识，天下柳絮当然都是白的，但"白"不押韵，奈何？解围的才子出面了，他为那人在前面凑加了一句，"夕阳返照桃花渡"，那柳絮便立刻红得有道理了。我每想及这样的诗境，便不觉为其中的美感瞠目结舌。三月天，桃花渡口红霞烈山，一时天地皆朱，不知情的柳絮一头栽进去，当然也活该要跟万物红成一气。这样动人的句子，叫人不禁要俯身自视，怕自己也正站在夹岸桃花和落日夕照之间，怕自己的衣襟也不免沾上一片酒红。《圣经》上说："爱心能遮过错。"在我看来，因爱而生的解释才能把事情美满化解。所谓化解不是没有是非，而是超越是非。就算有过错也因那善意的解释而成明矾入井，遂令浊物沉淀，水质复归澄莹。

女儿天性浑厚，有一次，小学的她对我说：

"你每次说五点回家，就会六点回来，说九点回家，结果就会十点回来——我后来想通了，原来你说的是出发的时间，路上一小时你忘了加进去。”

我听了，不知该说什么。我回家晚，并不是因为忘了计算路上的时间，而是因为我生性贪溺，贪读一页书、贪写一段文字、贪一段山色……而小女孩说得如此宽厚，简直是鲍叔牙。两千多年前的鲍叔牙似乎早已拿定主意，无论如何总要把管仲说成好人。两人合伙做生意，管仲多取利润，鲍叔牙说：“他不是贪心——是因为他家穷。”管仲三次做官都给人辞了。鲍叔牙说：“不是他不长进，是他一时运气不好。”管仲打三次仗，每次都败亡逃走，鲍叔牙说：“不要骂他胆小鬼，他是因为家有老母。”鲍叔牙赢了，对于一个永远有本事把你解释成圣人的人，你只好自肃自策，把自己真的变成圣人。

物理学家可以说，给我一个支点，给我一根杠杆，我就可以把地球举起来——而我说，给我一个解释，我就可以再相信一次人世，我就可以再接纳历史，我就可以义无反顾拥抱这荒凉的城市。

二

“述而不作”，少年时代不明白孔子何以要做这种没有才气的选择，我却只希望作而不述。但岁月流转，我终于明白，述，就是去悲悯、去认同、去解释。有了好的解释，宇宙为之端正，万物由而含情。一部希腊神话用丰富的想象解释了天地四时和风霜雨露。譬如说朝露，是某位希腊女神的清泪。月桂树，则被解释为阿波罗钟情的女子。

农神的女儿成了地府之神的妻子，天神宙斯裁定她每年可以回娘家六个月。女儿归宁，母亲大悦，土地便春回。女儿一回夫家，立刻草木摇落众芳歇，农神的恩宠也翻脸无情——季节就是这样来的。

而莫考来是平原女神和宙斯的儿子，是风神，他出世第一天便跑到阿波罗的牧场去偷了两头牛来吃（我们中国人叫“白云苍狗”，在希腊人却成了“白云肥牛”）——风神偷牛其实解释了白云经风一吹，便消失无踪的神秘诡异。

神话至少有一半是拿来解释宇宙大化和草木虫鱼的吧？如果人类不是那么偏爱解释，也许根本就不会产生神话。

而在中国，共工与颛顼争帝，怒而触不周之山，在一番“折天柱、绝地维”之后（是回忆古代的一次大地震吗？），发生了“天倾西北，地陷东南”的局面。天倾西北，所以星星多半滑到那里去了，地陷东南，所以长江黄河便一路向东入海。

而埃及的砂碛上，至今屹立着人面狮身的巨像，中国早期的西王母则“其状如人，豹尾、虎齿，穴处”。女娲也不免“人面蛇身”。这些传说解释起来都透露出人类小小的悲伤，大约古人对自己的“头部”是满意的，至于这副躯体，他们却多少感到自卑。于是最早的器官移植便完成了，他们把人头下面换接了狮子、老虎或蛇鸟什么的。说这些故事的人恐怕是第一批同时为人类的极限自悼，而又为人类的敏慧自豪的人吧？

而钱塘江的狂涛，据说只由于伍子胥那千年难平的憾恨。雅致的斑竹，全是妻子哭亡夫洒下的泪水…

解释，这件事真令我入迷。

三

有一次，走在大英博物馆里看东西，而这大英博物馆，由于是大英帝国全盛时期搜刮来的，几乎无所不藏。书画古玩固然多，连木乃伊也列成军队一般，供人检阅。木乃伊还好，毕竟是密封的，不料走着走着，居然看到一具枯尸，赫然趴在玻璃橱里。浅色的头发，仍连着头皮，头皮绽处，露出白得无辜的头骨。这人还有个奇异的外号叫“姜”，大概兼指他姜黄的肤色，和干皱如姜块的形貌吧！这人当时是采用西亚一带的砂葬，热砂和大漠阳光把他封存了四千年，他便如此简单明了地完成了不朽，不必借助事前的金缕玉衣，也不必事后塑起金身——这具尸体，他只是安静地趴在那里，便已不朽，真不可思议。

但对于这具尸体的“屈身葬”，身为汉人，却不免有几分想不通。对汉人来说，“两腿一伸”就是死亡的代用语，死了，当然得直挺挺地躺着才对。及至回国，偶然翻阅一篇人类学的文章，内中提到屈身葬。那段解释不知为何令人落泪，文章里说：“有些民族所以采屈身葬，是因为他们认为死亡而埋入土里，恰如婴儿重归母胎，胎儿既然在子宫中是屈身，人死入土亦当屈身。”我于是想起大英博物馆中那不知名的西亚男子，我想起在兰屿雅美人的葬地里一代代的死者，啊——原来他们都在回归母体。我想起我自己，睡觉时也偏爱“睡如弓”的姿势，冬夜里，尤其喜欢蜷屈如一只虾米的安全感。多亏那篇文章的一番解释，这以后我再看到屈身葬的民族，不会觉得他们“死得离奇”，反而觉得无限亲切——只因他们比我们更像大地慈母的孩子。

四

神话退位以后，科学所做的事仍然还是不断地解释。何以有四季？他们说，因为地球的轴心跟太阳成二十三度半的倾斜，原来地球恰似一侧媚的女子，绝不肯直瞪着看太阳，她只用眼角余光斜斜一扫，便享尽太阳的恩宠。

何以有天际垂虹，只因为万千雨珠——折射了日头的光彩，至于潮汐呢？那是月亮一次次致命的骚扰所引起的亢奋和委顿。还有甜沁的母乳为什么那么准确无误地随着婴儿出世而开始分泌呢（无论孩子多么早产或晚产）？那是落盘以后，自有讯号传回，通知乳腺开始泌乳……科学其实只是一个执拗的孩子，对每一件事物好奇，并且不管死活地一路追问下去……每一项科学提出的答案，我都觉得应该洗手焚香，才能翻开阅读，其间吉光片羽，在在都是天机乍泄。科学提供宇宙间一切天工的高度业务机密，这机密本不该让我们凡夫俗子窥伺知晓，所以我每聆到一则生物的或生理的科学知识，总觉敬慎凛栗，心悦诚服。

诗人的角色，每每也负责作“歪打正着”式的解释，“何处合成愁？”宋朝的吴文英作了成分分析以后，宣称那是来自“离人心上秋”。东坡也提过“春色三分，二分尘土，一分流水”的解释，说得简直跟数学一样精确。那无可奈何的落花，三分之二归回了大地，三分之一逐水而去。元人小令为某个不爱写信的男子的辩解也煞为有趣：“不是不相思，不是无才思，绕清江，买不得天样纸。”这么寥寥几句，已足令人心醉，试想那人之所以尚未修书，只因觉得必须买到一张跟天一样大的纸才够写他的无限情肠啊！

五

除了神话和诗，红尘素居，诸事碌碌中，更不免需要一番解释了，记得多年前，有次请人到家里屋顶阳台上种一棵树兰，并且事先说好了，不活包退费的。我付了钱，小小的树兰便栽在花圃正中间。一个礼拜以后，它却死了。我对阳台上一片芬芳的期待算是彻底破灭了。

我去找那花匠，他到现场验了树尸，我向他保证自己浇的水既不多也不少，绝对不敢造次。他对着夭折的树苗偏着头呆看了半天，语调悲伤地说：

“可是，太太，它是一棵树呀！树为什么会死，理由多得很呢——譬如说，它原来是朝这方向种的，你把它拔起来，转了一个方向再种，它就可能要死！这有什么办法呢？”

他的话不知触动了我什么，我竟放弃退费的约定，一言不发地让他走了。

大约，忽然之间，他的解释让我同意，树也是一种自主的生命，它可以同时拥有活下去以及不要活下去的权利。虽然也许只是调了一个方向，但它就是无法活下去，不是有的人也是如此吗？我们可以到工厂里去订购一定容量的瓶子、一定尺码的衬衫，生命，却不能容你如此订购的啊！

以后，每次走过别人墙头冒出来的、花香如沸的树兰，微微的失怅里我总想起那花匠悲冷的声音。我想我总是肯同意别人的——只要给我一个好解释。

孩子小的时候，做母亲的糊里糊涂地便已就任了“解释者”的职位。记得小男孩初入幼儿园，穿着粉红色的小围兜来问我，为什么他的围兜是这种颜色。我说：“因为你们正像玫瑰花瓣一样可爱呀！”“那中班为什么就穿蓝兜？”“蓝色是天空的颜色，蓝色又高又亮啊！”“白围兜呢？大班穿白围兜。”“白，就像天上的白云，是很干净很纯洁的意思。”他忽然开心地笑了，表情竟是惊喜，似乎没料到小小围兜里居然藏着那么多的神秘。我也吓了一跳，原来孩子要的只是那么少，只要一番小小的道理，就算信口说的，就够他着迷好几个月了。

十几年过去了，午夜灯下，那小男孩用当年玩积木的手在探索分子的结构。黑白小球结成奇异诡秘的勾连，像一扎紧紧的玫瑰花束，又像一篇布局繁复却条理井然无懈可击的小说。

“这是正十二面烷。”他说，我惊讶这模拟的小球竟如此匀称优雅，黑球代表碳、白球代表氢，二者的盈虚消长便也算物华天宝了。

“这是赫素烯。”

“这是……”

我满心感激，上天何其厚我，那个曾要求我把整个世界一一解释给他听的小男孩，现在居然用他化学方面的专业知识向我解释我所不了解的另一个世界。

如果有一天，我因生命衰竭而向上苍祈求一两年额外加签的岁月，其目的无非是让我回首再看一看这可惊可叹的山川和人世。能多看它们一眼，便能多用悲壮的，虽注定失败却仍不肯放弃的努力再解释它们一次。并且也欣喜地看到人如何用智慧、用言词、用弦管、用丹青、用静穆、用爱，一一对这世界作其圆融的解释。

是的，物理学家可以说，给我一个支点，给我一根杠杆，我就可以把地球举起来——而我说，给我一个解释，我就可以再相信一次人世，我就可以接纳历史，我就可以义无反顾地拥抱这荒凉的城市。

谁又是真有地址的人呢？谁不是时间的过客呢？

如果世间真有地址一事，岂不是在一句话落地生根的他人的心田上，

或者在一滴血如河流相互灌注的渠道间。

没有谈过恋爱的

一

朋友的女儿还在读大学，她着手写了一篇武侠小说——哦，不，事实上是写了半篇小说，因为写到一半她便罢手不写了。

唉，写到一半的小说听来是多么令人沮丧啊，简直像织了一半的布遭人剪断，或如煮成半熟的饺子忽而遇到停电。此女幼慧，叔叔伯伯阿姨都很看好她，但她就是不肯把那篇小说写完。老妈催她，她竟说出一个奇怪的理由：

“我又没有谈过恋爱，这一段我是写不下去了。你要我写，那，你去帮我找个男朋友好了！”

老妈一时气结，暗中抱怨此女明明是懒惰，却把理由编成如此这般。

我闻其言，不禁大笑，我说：

“哎，哎，你这女儿果真是没有谈过恋爱。她如果谈了恋爱，就知道，描述恋爱其实最好是没有谈过恋爱。真的谈了恋爱，写出来未必能直逼爱情……”

这一段话说得有点像绕口令，可能让听者更糊涂了。我想只好找些例子来说明吧。

二

一百一十多年前，英国的作家王尔德讲了一个故事给法国的作家纪德听，故事后来被人安上一个题目叫《讲故事的人》。在我看来，这故事简直是《老子》中“知者不言，言者不知”的注解。

故事是说有一个人爱讲故事，所以颇受村民欢迎。他会在返家时鬼扯一些奇遇，例如途经森林，惊见牧神吹笛，仙女群舞。途经海岸，又见三个美人鱼以金梳梳理碧发……听者觉得极其精彩。不料，他后来竟果然碰见自己描述的景象，当村民又来相询的时候，他却噤声不语，只说，我此行一无所见。

三

一八四四年出生的亨利·卢梭其实终其一生都住在法国，他的职业是收税员，但他当过四年兵，四年中遇见不少同袍是曾去过墨西哥的。透过这些同伴或忠实或不忠实的描述，他居然也感受到一些南美风情。之后他又跑到城市中的植物园去写生，观察非洲热带植物。一八八九年，当时他已经四十五岁了，由于巴黎办万国博览会，他也就间接懂了一些塞内加尔、东京和大溪地。就这样拼拼凑凑，半揣度半狂想，居然画出一派恍惚迷离亦真亦幻的作品，如《睡着的吉卜赛人 1897》或《梦 1910》都令观者倾倒入迷，连毕加索也景仰其人。

那蛮荒世界的满月、那榛莽深林中绿莹莹的狮眼、那站在幽明交界处的吹号的土著，那炫丽的果实和鹊鸟（那鸟，仿佛是吃了身旁暖橙色的丰腴的热带水果才变得有个同色同型的肚子），以及那华艳不可方物的裸女，明明身在林薮，却自有一张丝绒沙发供她展示玉体……

我深爱那个从来没有去过非洲也没有去过墨西哥的卢梭。他的狂乱描述仿佛神医，虽隔帘悬丝把脉，竟能一一说尽帐内女子的五脏六腑。

四

二〇〇六年三月，我应邀去淡江大学听叶嘉莹教授讲“词”，叶教授八十多岁了，风采依旧照人。满堂崇拜者，引颈以待。她是美丽清雅而又智慧灵明的。她的生平又有些传奇性，听她的演讲的确是无趣生活中的盛事。但那天她不知怎么说着说着就忽然冒出一句话，说自己年轻的时候在长辈安排下结了婚，而她此生最大的遗憾便是不曾谈恋爱，如果有来生，一定要谈一场恋爱。

可是，如果有来生，谈过一场好恋爱的美丽聪颖的那女子会比此刻的叶嘉莹教授更好吗？经她诠释的情词会更细腻吗？经她吟诵的诗会更催人泪下吗？“无憾”以后的叶嘉莹教授又会以什么面目活在来世呢？

五

神父无妻，却反能指导婚姻。男性医师不怀孕，也自能指导生产过程。梅兰芳并没去做变性手术，却能委婉唱出某个春天花园中的女子杜丽娘的情根欲苗……至于死，谁都没死过，却有人把死写得浃髓沦肌。

六

谁说要谈完一场恋爱才能把小说写好？

一个女人的爱情观

忽然发现自己的爱情观很土气，忍不住自笑了起来。

对我而言，爱一个人就是满心满意要跟他一起“过日子”，天地鸿濛荒凉，我们不能妄想把自己扩充为六合八方的空间，只希望以彼此的火烬把属于两人的一世时间填满。

客居岁月，暮色里归来，看见有人当街亲热，竟也视若无睹，但每看到一对人手牵手提着一把青菜一条鱼从菜场走出来，一颗心就忍不住恻恻地痛了起来，一蔬一饭里的天长地久原是如此味永难言啊！相拥的那一对也许今晚就分手，但一鼎一镬里却有其朝朝暮暮的恩情啊！

爱一个人原来就只是在冰箱里为他留一只苹果，并且等他归来。

爱一个人就是在寒冷的夜里不断在他的杯子里斟上刚沸的热水。

爱一个人就是喜欢两人一起收尽桌上的残肴，并且听他在水槽里刷碗的音乐——事后再偷偷把他不曾洗干净的地方重洗一遍。

爱一个人就有权利霸道地说：

“不要穿那件衣服，难看死了，穿这件，这是我新给你买的。”

爱一个人就是一本正经地催他去工作，却又忍不住躲在他身后想捣几次小小的蛋。

爱一个人就是在拨通电话时忽然不知道要说什么，才知道原来只是想听听那熟悉的声音，原来真正想拨通的，只是自己心底的一根弦。

爱一个人就是把他的信藏在皮包里，一日拿出来看几回、哭几回、痴想几回。

爱一个人就是在他迟归时想上一千种坏可能，在想象中经历万般劫难，发誓等他回来要好好罚他，一旦见面却又什么都忘了。

爱一个人就是在众人暗骂："讨厌！谁在咳嗽！"你却急道："唉，唉，他这人就是记性坏啊，我该买一瓶川贝枇杷膏放在他的背包里的！"

爱一个人就是上一刻钟想把美丽的恋情像冬季的松鼠秘藏坚果一般，将之一一放在最隐秘最安妥的树洞里，下一刻钟却又想告诉全世界这骄傲自豪的消息。

爱一个人就是在他的头衔、地位、学历、经历、善行、劣迹之外，看出真正的他不过是个孩子——好孩子或坏孩子——所以疼了他。

也因此，爱一个人就喜欢听他儿时的故事，喜欢听他有几次大难不死，听他如何淘气惹厌，怎样善于玩弹珠或打"水漂漂"，爱一个人就是忍不住替他记住了许多往事。

爱一个人就不免希望自己更美丽，希望自己被记得，希望自己的容颜体貌在极盛时于对方如霞光过目，永不相忘，即使在繁花谢树的冬残，也有一个人沉如历史典册的瞳仁可以见证你的华采。

爱一个人总会不厌其烦地问些或回答些傻问题，例如："如果我老了，你还爱我吗？""爱！""我的牙都掉光了呢？"我吻你的牙床！"

爱一个人便忍不住迷上那首《白发吟》：

亲爱，我年已渐老

白发如霜银光耀

唯你永是我爱人

永远美丽又温柔……

爱一个人常是一串奇怪的矛盾，你会依他如父，却又怜他如子，尊他如兄，又复宠他如弟，想师事他，跟他学，却又想教导他把他俘虏成自己的徒弟，亲他如友，又复气他如仇，希望成为他的女皇、他唯一的女主人，却又甘心做他的小丫鬟小女奴。

爱一个人会使人变得俗气，你不断地想：晚餐该吃牛舌好呢，还是猪舌？蔬菜该买大白菜，还是小白菜？房子该买在三张犁呢，还是六张犁？而终于在这份世俗里，你了解了众生，你参与了自古以来匹夫匹妇的微不足道的喜悦与悲辛，然后你发觉这世上有超乎雅俗之上的情境，正如日光超越调色盘上的色样。

爱一个人就是喜欢和他拥有现在，却又追记着和他在一起的过去。喜欢听他说，那一年他怎样偷偷喜欢你，远远地凝望着你。爱一个人又总期望着未来，想到地老天荒的他年。

爱一个人便是小别时带走他的吻痕，如同一幅画，带着鉴赏者的朱印。

爱一个人就是横下心来，把自己小小的赌本跟他合起来，向生命的大轮盘去下一番赌注。

爱一个人就是让那人的名字在临终之际成为你双唇间最后的音乐。

爱一个人，就不免生出共同的、霸占的欲望。想认识他的朋友，想了解他的事业，想知道他的梦。希望共有一张餐桌，愿意同用一双筷子，喜欢轮饮一杯茶，合穿一件衣，并且同衾共枕，奔赴一个命运，共寝一个墓穴。

前两天，整收房间，理出一只提袋，上面赫然写着“××孕妇服装中心”，我愕然许久，既然这房子只我一人住，这只手提袋当然是我的了，可是，我何曾跑到孕妇店去买衣服？于是不甘心地坐下来想，想了许久，终于想出来了。我那天曾去买一件斗篷式的土褐色短褛，便是用这只绿色袋子提回来的，我是的确闯到孕妇店去买衣服了。细想起来那家店的模特儿似乎都穿着孕妇装，我好像正是被那种美丽沉甸的繁殖喜悦所吸引而走进去的。这样说来，原来我买的那件宽松适意的斗篷式短褛竟真是给孕妇设计的。

这里面有什么心理分析吗？是不是我一直追忆着怀孕时强烈的酸苦和欣喜而情不自禁地又去买了一件那样的衣服呢？想多年前冬夜独起，灯下乳儿的寒冷和温暖便一下子涌回心头，小儿吮乳的时候，你多么希望自己的生命就此为他竭泽啊！

对我而言，爱一个人，就不免想跟他生一窝孩子。

当然，这世上也有人无法生育，那么，就让共同作育的学生，共同经营的事业，共同爱过的子侄晚辈，共同谱成的生活之歌，共同写完的生命之书来做他们的孩子。

也许还有更多更多可以说的，正如此刻，爱情对我的意义是终夜守在一盏灯旁，听车声退潮再复涨潮，看淡紫的天光愈来愈明亮，凝视两人共同凝视过的长窗外的水波，在矛盾的凄凉和欢喜里，在知足感恩和渴切不足里细细体会一条河的韵律，并且写一篇叫《爱情观》的文章。

有一种花，
你没有看见，却笃信它存在。
有一种声音，
你没有听见，却自知你了解。

第二部分

种种有情

此山即我，我即此山，
此水如我，我如此水。

种种有情

有时候，我到水饺店去，饺子端上来的时候，我总是怔怔地望着那一个个透明饱满的形体，北方人叫它“冒气的元宝”，其实它比冷硬的元宝好多了，饺子自身是一个完美的世界，一张薄茧，包覆着简单而又丰盈的美味。

我特别喜欢看的是捏合饺子边皮留下的指纹，世界如此冷漠，天地和文明可能在一刹那之间化为炭劫，但无论如何，当我坐在桌前，上面摆着的某个人亲手捏合的饺子，热雾腾腾中，指纹美如古陶器上的雕痕，吃饺子简直可以因而神圣起来。

“手泽”为什么一定要拿来形容书法呢？一切完美的留痕，甚至饺皮上的指纹不都是美丽的手泽吗？我忽然感到万物的有情。

巷口一家饺子馆的招牌是正宗川味山东饺子馆，也许是一个四川人和一个山东人合开的，我喜欢那招牌，觉得简直可以画入《清明上河图》，那上面还有电话号码，前面注着 TEL，算是有了三个英文字母，至于号码本身，写的当然是阿拉伯文，一个小招牌，能涵容了四川、山东，中文、阿拉伯（数）字、英文，不能不说是一种可爱。

校车反正是每天都要坐的，而坐车看书也是每天例有的习惯，有一天，车过中山北路，劈头栽下一片叶子竟把手里的宋诗打得有了声音，多么令人惊异的断句法。

原来是通风窗里掉下来的，也不知是刚刚新落的叶子，还是某棵树上的叶子在某时候某地方，偶然憩在偶过的车顶上，此刻又偶然掉下来的，我把叶子揉碎，它是早死了，在此刻，它的芳香在我的两掌复活，我揸开微绿的指尖，竟恍惚自觉是一棵初生的树，并且刚抽出两片新芽，碧绿而芬芳，温暖而多血，镂饰着奇异的脉络和纹路，一叶在左，一叶在右，我是庄严地合着掌的一截新芽。

两年前的夏天，我们到堪萨斯去看朱和他的全家——标准的神仙眷属，博士的先生，硕士的妻子，数目“恰恰好”的孩子，可靠的年薪，高级住宅区里的房子，房子前的草坪，草坪外的绿树，绿树外的蓝天……

临行，打算合照一张，我四下浏览，无心地说：

“啊，就在你们这棵柳树下面照好不好？”

“我们的柳树？”朱忽然回过头来，正色地说，“什么叫我们的柳树？我们反正是随时可以走的！我随时可以让它不是‘我们的柳树’。”

一年以后，他和全家都回来了，不知堪萨斯城的那棵树如今属于谁——但朱属于这块土地，他的门前不再有柳树了，他只能把自己栽成这块土地上的一片绿意。

春天，中山北路的红砖道上有人手拿着用粗绒线做的长腿怪鸟在兜卖，风吹着鸟的瘦胫，飘飘然好像真会走路的样子。

有些外国人忍不住停下来买一只。

忽然，有个中国女人停了下来，她不顶年轻，大概三十左右，一看就知是由于精明干练日子过得很忙碌的女人。

“这东西很好，”她抓住小贩，“一定要外销，一定赚钱，你到 ×× 路 ×× 巷 × 号二楼上去，一进门有个 × 小姐，你去找她，她一定会想办法给你弄外销！”

然后她又回头重复了一次地址，才放心走开。

台湾怎能不富，连路上不相干的路人也会指点别人怎么做外销，其实，那种东西厂商也许早就做外销了，但那女人的热心，真是可爱得紧。

暑假里到中部乡下去，弯入一个岔道，在一棵大榕树底下看到一个身架特别小的孩子，把几根绳索吊在大树上，他自己站在一张小板凳上，结着简单的结，要把那几根绳索编成一个网花盆的吊篮。

他的母亲对着他坐在大门口，一边照顾着杂货店，一边也编着美丽的结，蝉声满树，我停下来搭讪着和那妇人说话，问她卖不卖，她告诉我不能卖，因为厂方签好契约是要外销的。带路的当地朋友说他们全是不露声色的财主。

我想起那年在美国逛梅西公司，问柜台小姐那架录音机是不是台湾做的，她回了一句：

“当然，反正什么都是日本跟中国台湾来的。”

我一直怀念那条乡下无名的小路，路旁那一对富足的母子，以及他们怎样在满地绿荫里相对坐编那织满了蝉声的吊篮。

我习惯请一位姓赖的油漆工人，他是客家人，哥哥做木工，一家人彼此生意都有照顾。有一年我打电话找他们，居然不在，因为到关岛去做工程了。

过了一年才回来。

“你们也是要三年出师吧。”有一次我没话找话跟他们闲聊。

“不用，现在两年就行。”

“怎么短了？”

“当然，现代人比较聪明！”

听他说得一本正经，顿时对人类前途都觉得乐观了起来，现代的学徒不用生炉子，不用倒马桶，不用替老板娘抱孩子，当然两年就行了。

我一直记得他们一口咬定现代人比较聪明时脸上那份尊严的笑容。

老王是一个包工工头，圆滚滚的身材加上圆头圆脸圆眼睛——甚至还有个圆鼻子。

可是我一直觉得他简直诗意得厉害。

一张估价单，他也要用毛笔写，还喜欢盯着人问：“怎么？这笔字不顶难看吧？”

碰到承包大工程，他就要一个人躲到乌来去，在青山绿水之间仔细推敲工和料的盈亏。

有一次，偶然闲谈，他兴高采烈地提到他在某某地方做过工程。那是一个军事单位。

“有人说那里有核子弹，你看到没有？”

“当然有！”

“有，又怎么会让你看见？”我笑了起来。

“老实说，我也没看见，”他也笑起来，不过仍是理直气壮的，“不过，有，我也说有，没有，我也说有，反正我就是硬要说它有。我们做老百姓的就是这样。”

有没有核子弹忽然变得不重要，有老王这样的人才是件可爱的事。

学校下面是一所大医院，黄昏的时候，病人出来散步，有些探病的人也三三两两地散步。

那天，我在山径上便遇见了几个这样的人。

习惯上，我喜欢走慢些去偷听别人说话。

其中有一个人，抱怨钱不经用，抱怨着抱怨着，像所有的中老年人一样话题忽然就回到四十年前一块钱能买几百个鸡蛋的老故事上去了。

忽然，有一个人憋不住地叫了起来：

“你知道吗，抗战前，我念初中，有一次在街上捡到一张钱，哎呀，后来我等了一个礼拜天，拿着那张钱进城去，又吃了馆子，又吃了冰淇淋，又买了球鞋，又买了字典，又看了电影，哎呀，钱居然还没有花完呐……”

山径渐高，黄昏渐冷。

我驻下脚，看他们渐渐走远，不知为什么，心中涌满了对黄昏时分霜鬓的陌生客的关爱，四十年前的一个小男孩，曾被突来的好运弄得多么愉快，四十年后山径上薄凉的黄昏，他仍然不能忘记……不知为什么，我忽然觉得那人只是一个小男孩，如果可能，我愿意自己是那掉钱的人，让人世中平白多出一段传奇故事……

无论如何，能去细味另一个人的惆怅也是一件好事。

元旦的清晨，天气异样的好，不是风和日丽的那种好，是清朗见底毫无渣滓的一种澄澈。我坐在计程车上赶赴一个会，路遇红灯时，车龙全停了下来，我无聊地探头窗外，只见两个年轻人骑着机车，其中一个说了几句话忽然兴奋地大叫起来：“真是个好主意啊！”我不知他们想出了什么好主意，但看他们阳光下无邪的笑脸，也忍不住跟着高兴起来，不知道他们的主意是什么主意，但能在偶然的红灯前遇见一个以前没见过以后也不会见到的人真是一个奇异的机缘。他们的脸我是记不住的，但那不重要，重要的是我记得他们石破天惊的欢呼，他们或许去郊游，或许去野餐，或许去访问一个美丽的笑面如花的女孩，他们有没有得到他们预期的喜悦，我不知道，但我至少得到了，我惊喜于我能分享一个陌路的未曾成形的喜悦。

有一次，路过香港，有事要和乔宏的太太联络，习惯上我喜欢凌晨或午夜打电话——因为那时候忙碌的人才可能在家。

“你是早起的还是晚睡的？”

她愣了一下。

“我是既早起又晚睡的，孩子要上学，所以要早起，丈夫要拍戏，所以要晚睡——随你多早多晚打来都行。”

这次轮到我愣了，她真厉害，可是厉害的不止她一个人。其实，所有为人妻为人母的大概都有这份本事——只是她们看起来又那样平凡，平凡得自己都弄不懂自己竟有那么大的本领。

女人，真是一种奇怪的人，她可以没有籍贯、没有职业，甚至没有名字地跟着丈夫活着，她什么都给了人，她年老的时候拿不到一文退休金，但她却活得那么有劲头，她可以早起可以晚睡，可以吃得极少可以永无休假地做下去。她一辈子并不清楚自己是在付出还是在拥有。

资深主妇真是一种既可爱又可敬的角色。

文艺会谈结束的那天中午，我因为要赶回宿舍找东西，午餐会上迟到了三分钟，慌慌张张地钻进餐厅，席次都坐好了，大家已经开始吃了，忽然有人招呼我过去坐，那里刚好空着一个座位，我不加考虑地就走过去了。

等走到面前，我才呆了，那是谢东闵主席右首的位子，刚才显然是由于大家谦虚而变成了空位，此刻却变成了我这个冒失鬼的位子，我浑身不自在起来，跟“大官”一起总是件令人手足无措的事。

忽然，谢主席转过头来向我道歉：

“我该给你夹菜的，可是，你看，我的右手不方便，真对不起，不能替你服务了。你自己要多吃点。”

我一时傻眼望着他，以及他的手，不知该说什么。那只伤痕犹在的手忽然美丽起来，炸得掉的是手指，炸不掉的是一个人的风格和气度。我拼命忍住眼泪，我知道，此刻，我不是坐在一个“大官”旁边，而是一个温煦的“人”的旁边。

经过火车站的时候，我总忍不住要去看留言牌。

那些粉笔字不知道铁路局允许它保留半天或一天，它们不是宣纸上的书法，不是金石上的篆刻，不是小笺上的墨痕，它们注定立刻便要消逝——但它们存在的时候，它是多好的一根丝绦，就那样绾住了人间种种的牵牵绊绊。

我竟把那些句子抄了下来：

缎：久候未遇，已返，请来龙泉见。

春花：等你不见，我走了（我两点再来）。荣。

展：我与姨妈往内埔姐家，晚上九时不来等你。

每次看到那样的字总觉得好，觉得那些不遇、焦灼、愚痴中也自有一份可爱。一份人间的必要的温度。

还有一个人，也不署名，也没称谓，只扎手扎脚地写了“吾走矣”三个大字，板黑字白，气势好像要突破挂板飞去的样子。也不知道究竟是写给某一个人看的，还是写给过往来客的一句诗偈，总之，令人看得心头一震！

《红楼梦》里麻鞋鹑衣的疯道人可以一路唱着《好了歌》，告诉世人万般“好”都是因为“了断”尘缘，但为什么要了断呢？每次我望着大小驿站中的留言牌，总觉万般的好都是因为不了不断，不能割舍而来的。

天地也无非是风雨中的一座驿亭，人生也无非是种种羁心绊意的事和情，能题诗在壁总是好的！

不知有花

那时候，是五月，桐花在一夜之间，攻占了所有的山头。历史或者是由一个一个的英雄豪杰叠成的，但岁月——岁月对我而言是花和花的禅让所缔造的。

桐花极白，极矜持，花心却又泄露些许微红。我和我的朋友都认定这花有点诡秘——平日守口如瓶，一旦花开，则所向披靡，灿如一片低飞的云。

车子停在一个小客家山村，走过紫苏茂生的小径，我们站在高大的桐树下。山路上落满白花，每一块石头都因花罩而极尽温柔，仿佛战马一旦披上了绣帔，也可以供女子骑乘。

而阳光那么好，像一种叫“桂花蜜酿”的酒，人走到林子深处，不免叹息气短，对着这惊心动魄的手笔感到无能为力，强大的美有时令人虚脱。

忽然有个妇人行来，赭红的皮肤特别像那一带泥土的色调。

“你们来找人？”

“我们——来看花。”

“花？”妇人匆匆往前赶路，一面丢下一句，“哪有花？”

由于她并不要求答案，我们也噤然不知如何接腔，只是相顾愕然，如此满山满林扑面迎鼻的桐花，她居然问我们："哪有花？"

但风过处花落如雨，似乎也并不反对她的说法。忽然，我懂了，这是她的家，这前山后山的桐树是他们的农作物，是大型的庄稼。而农人对他们作物的花，一向是视而不见的。在他们看来，玫瑰是花，剑兰是花，菊是花，至于稻花桐花，那是不算的。

使我们为之绝倒发痴的花，她竟可以担着水夷然走过千遍，并且说：

"花，哪里有花？"

我想起少年游狮头山，站在庵前看晚霞落日，只觉如万艳争流竞渡，一片西天华美到几乎受伤的地步，忍不住返身对行过的老尼说：

"快看那落日！"

她安静垂眉道：

"天天都是这样的！"

事隔二十年，这山村女子的口气，同那老尼竟如此相似，我不禁暗暗嫉妒起来。

我自己一向是大惊小怪的。我是禁不得星之灿烂与花之暖香的人。我是来自城市的狂乱执迷之人，我没有办法"处美不惊"。唐人韦苏州在友人家里见到一位绝色歌姬，对于友人能日日安然无恙地面对美人，不禁大感惊讶。他说"司空见惯浑无事，断尽苏州刺史肠"。翻成白话就是："我的朋友司空大人对美已经有了免疫能力了，而我却注定完蛋，这种美，是会把我置之于死地的啊！"

不为花而目醉神迷、惊愕叹息的，才是花的主人吧？对那大声地问我"花？哪有花？"的山村妇人而言，花是树的一部分，树是山林地的一部分，山林地是生活的一部分，而生活是浑然大化的一部分。她与花可以像山与云，相亲相融而不相知。

宋人张在的诗谓：“南邻北舍牡丹开，年少寻芳日几回。唯有君家老柏树，春风来似不曾来。”好个“春风来似不曾来”，众芳为春风迷醉成疾的时候，竟有一株翠柏独能挺得住，不落万仞情劫。

年年桐花开的时候，我总想起那妇人，步过花潮花汐而不知有花的妇人，并且暗暗嫉妒。

春色三分，
二分尘土，
一分流水。

承受第一线晨曦的

楔子：浪上的小女孩

夏天，六月底，中午，海一贯地蓝着。

林茂安从小屋走出来，正要往红头村去，他住的地方叫渔人村。

忽然，他看到一大群人，不知在逃什么，乱纷纷地从海边往岸上狂跑。林茂安当时也飞跑起来——不是往岸上，而是往反方向的海上，他要看到底出了什么事。

台风刚过不久，浪很大，他看清楚了，有一个小女孩，在浪上载沉载浮。

他拼命往前游，终于抓到了孩子，忽然，他发现，孩子的脸极难看，大概是死了。

“也许还能试试人工呼吸，”他想，“总该试试。”

他挥手求人来帮忙，他已经精疲力竭，不敢相信自己有力气在巨浪里能一边游一边拖回一个孩子。

但是，没有人理他。

他只好死命往回游，把孩子放在沙滩上，试着人工呼吸。太晚了，孩子终于僵冷了。

他把孩子背上岸，刚好碰上管训队的骑摩托车经过，他请求那人把他们载到红头。

过了一阵，孩子的舅舅来了，拿着一支长矛，在孩子的尸体前叫骂扑跳，又作势猛刺。因为，他们相信，非如此，不能驱赶恶鬼。

林茂安请孩子们去捡回他刚才脱在海边的衣服，小孩说，他的衣服早被人丢在路上了，要捡，得自己去捡，没有人敢碰他沾过鬼气的衣服。他只好拖着累得半死的身子，自己去捡衣服。

但不管走到哪里，村人都凶巴巴地赶他走，他一时也搞不清楚怎么回事。到兰屿已经快一年了，跟当地的人一向也处得很好，其中有几个他还为他们擦过药，现在竟然都翻脸不认他了，他伤心地踽踽独行。

然后，他明白了，雅美人一向对鬼有不可言喻的恐惧，没有人敢去救那快要淹死的孩子，因为怕鬼魔转附到自己身上来。而他抱了死孩子，别人把他看成鬼影附形的人，当然避之唯恐不及。

那是太可怕的一天，他虽不怕鬼，但死孩子的脸在他悲伤失神的心里上上下下地散开又聚拢。

他差不多不能集中心智来思想了，但混沌模糊中，仍有一个念头渐渐拂之不去地凸立出来。

“我要为他们做一点事，从现在开始，让我为他们做一点更具体的事……”

那是我一生中最快乐的日子

远比一般男孩为瘦小，林茂安只有一五五公分。

“上帝把我造得这么矮，倒有一件好处，”他说，“跟小孩特别容易混。”

一九七七年九月，林茂安走下船，到了兰屿，船是从台东开的，风浪大，船的性能也不好，他已经吐得差不多了。念书的时候，他跟同学也曾趁暑假到过兰屿，但这一次不一样，这一次，他不再是一个过境者，他要住下来。

除了雅美人，外地人是不准在兰屿落籍的（除非和雅美人通婚）。他必须每六个月去一次报流动户口，流动就流动吧，反正他知道一件事，他的心已在这里打了桩，他的心在这里报了固定户口。

“到兰屿去干什么呢？”

不单别人这样问他，连他自己，一脚踏下船，站在椰油村的岸边也发起急来，忍不住要逼问自己。

不知道，真的不知道，没有谁要“聘请”他，也没有谁答应“付薪水”，身上带了爸妈给的五千块钱，就这样到了兰屿。只有一件事是清清楚楚的：

“我要到兰屿去！”

父亲是受日本教育的药剂师，为人方正保守，母亲也是典型的家庭主妇，哥哥是本分的药厂外务员，一家人都很“正常”，不知怎么会跑出这样一位奇怪的小儿子。但父亲没有生气。他资助了一笔钱，而且常常从高雄作“食物补给”。

父亲也许忘了，在祖父那一辈，他们是住在澎湖的，林茂安也许有其先天性的不可挽救的对小岛的恋慕。

有人借给他一所房子，是当年村长的父亲住的，村民后来搬到“国民住宅”去，房子就空下来了。雅美人的房子平常是一屋一亭（即使搬到水泥做的无趣的“国民住宅”里，他们仍然念旧地接着窗口搭一座凉亭，而属于公家的海防部队，也不能免俗地搭了一座），屋子盖在一方沿阶而下的坑里，坑和阶梯都用石头固定住，石缝之间总是长着美丽的野花。

林茂安的那间更是得天独厚，屋子右边是相思树和释迦果，左边是木瓜。屋子前面除了艳红的太阳花以外，就是一种叫“古雅西”的盘地而生的野草，他试吃了几次也没发生什么事以后，就放心把它也列入菜单了。

他在房子前边搭了个凉亭，许多兰屿小孩来帮他忙。他又在房子左边弄了个“现代化”的棚式厨房，有水泥，有瓦斯，窗外种了棵辣椒，可以顺手抓一把辣椒叶子就是一盘菜。炉台正前方是一片青蕨，有一次有条蛇，从石缝里一探头，几乎跑到锅里来。

小屋收拾得很好，大块龙眼木，凿痕历历，看来古拙质朴，雅美人本来不用钉子，他却钉了个小书架，吊在墙上，又弄了个书桌，白天，他跟孩子玩，晚上，他在白烛下看书。书桌旁经常挤着些舍不得回家的小孩，最挤的时候，可以挤下八个。

有一次，他算算钱，只剩十九元了，奇怪的是，心里也不急。于是，他发现，原来，没有钱也可以活得下去。不时有友善的邻居送来芋头、地瓜和鱼。此外随手摘的芋头叶、芋头梗、番薯叶也都是可吃的菜，螺蛳可以到芋头田里去摸，有时，他也被邀去做抓鱼的助手，负责赶鱼。

星期天，他到小教堂去礼拜。

日子就那样平稳安适无所事事地过去，直到那件事发生。

“那是我一生中最快乐的日子了！”他说，“没有压力，没有‘工作’，就是那样单纯地去爱小孩们，跟他们玩，教他们功课，整个跟雅美人一起生活……”

另一种采矿

可是，那件事却发生了，而且逼到眼前来。

“我要办一所幼稚园。”他想，“父亲打鱼去了，母亲上山挖芋头去了，如果能有个幼稚园，孩子有人照顾，就不会像那样出事了。”

但是，钱在哪里呢？兰屿中学不但免费，而且供吃住，孩子尚且不太肯去。小学里逃学的更多，幼稚园是“学前教育”，政府不贴补，叫他自己拿什么钱去补呢？

雅美人跟全世界一切种族一样，也爱他们的孩子，可是却不见得让孩子去上学。

有位小学校长就碰到这样一件啼笑皆非的事，他注意到某个孩子经常逃学，很替他忧心。有一次，这孩子终于被他逮着了，他把孩子带回家，照顾他，督导他，希望和他生活一段时间把他驯下来。不料孩子的爸爸误会了，他急忙跑来，哀哀地站在门口哭着说：

“校长啊！校长啊！请你不要打他呀！要打，你打我好了，不要打他呀！”

孩子不爱上学，学校只好找出许多条件来吸引他们，但林茂安这位口袋里一文不名的小子，又拿什么去办兰屿第一所幼稚园呢？

他想到有一所房子，弃置在一个小山脚下大概有六七年了，房子接近四十坪，四房一厅，外加厨厕，当初是“经济部矿业研究所”盖的。那时，他们怀疑兰屿有铜矿，后来发现没有铜，人员便撤了回去，空留下一栋房子。

兰屿人不敢走近那房子，因为房子后面是坟场（兰屿人的坟场别人是看不出来的，因为不树不封，无碑无碣，不祭不拜），久而久之，房子变成了牛棚，满地都是牛粪，秽不可闻。

如果能洗干净做幼稚园多么好，他想。

透过《宇宙光》杂志，他们和“矿业研究所”的所长联络上了，事情神迹似的进行得很顺利，所长答应把房子交给他“暂代保管”。

办幼稚园也该看作一种矿业吧？这一次，拟定要探采的不是“铜矿”，而是“人矿”。

房子有了，但是，钱呢？杂志社干脆好人做到底，答应利用一九七九年母亲节办个义卖会，于是，在康乃馨的季节，在最悭吝的心也容易一时柔软下来的五月，他们有了第一笔捐款。

有了房子有了钱，满心感激，压力却也同时重了。林茂安不是那种干练型的人物，忽然一下，百废待兴，把他弄得不知所措。他原是一个闲适自安喜欢在烛光下读文章的人，他原是一个喜欢坐在茅棚下望着大海出神的人，他是一个跟孩子玩得忘了自己是个成年人的人。

如果你在海边看到一个眼神清纯的大男孩，夹在一群赤腿的孩童中间——其中有的小孩极小，一手急着去拉他，一手还握着自己的小鸡鸡——他教他们把两手勾起来伸动，嘴里咕咕咕咕地作出水泡声，一路前呼后拥浩浩荡荡地走过去，那才是林茂安，不懂行政，不懂策划，不懂预算，不懂宣传的林茂安。

可是，他想做事，一件具体的事，麻烦就来了，一所积满了牛粪而又没有水的房子怎么点化成幼稚园？老师哪里去找？什么叫“幼稚教育”？事情不再像当初那么好玩了。

他开始套上了责任的轭。

洪浚正从美国回来洗刷牛粪

可是，帮忙的人也来了。凡是直接间接听到这回事的人都想尽力帮一把忙。

有一次，他接到一封信，信封上写的竟然是：

兰屿——请邮差先生帮忙送给一位想办幼稚园的林茂安先生。

那是一位陌生的关怀者写的，使他不胜感动。

夏天，洪浚正从美国回台打威廉•琼斯杯，一下飞机就直奔兰屿，他和林茂安曾是同学，兰屿人大概没想到有这么大号的人物去为他们的孩子洗刷牛粪。

和他一起去的还有些当年一起爱打球的大男孩，天气热，大家脱了上衣砍野菠萝。野菠萝多刺，但不砍不行，那东西的生命力太泼旺，满地都是，不砍出一条路来是不行的，结果是每个大男孩都弄得鲜血淋漓。

另一件头痛的工作是引水，水在两个山头以外的溪涧里，需要一个半小时才能走到，他们扯了一条极长的塑胶管把水引了来。

当第一滴清水滴下来的时候，十几个年轻人疯狂地欢呼起来：

“水来了！水来了！水来了！”

他们还郑重其事地摄影留念。

水来以后，他们把陈年牛粪泡了三天，才能动手。

洗刷干净了，他们又动手粉刷，粉刷完了，他们打算在屋顶墙栏上漆上“兰恩幼稚园”五个大字，当然，船啦什么的也得画一些才好看。一个艺专美术科的女孩爬上去画，男孩在下面扶着丈把高的自搭的木架，女孩说：

“我这辈子还没有在这么高的地方画过画。”

当然，美术科里是不会教人这种东西的，她战战栗栗地足足画了两天才画完。

也许这是规模最小的幼稚园，但它必然也是规模最大的一所，背后，它有青山为墙垣，面前，它有大海为庭院，这兰屿岛上第一所幼稚园。

承受第一缕晨曦的幼稚园

一九七九年秋天，十月八日，兰屿第一所正式的幼稚园开学了。

有人捐了白围兜，有人捐了奶粉，有人捐了故事书——更有人捐了自己，兰恩幼稚园就这样开始了。

兰屿的母亲习惯唱一首甜蜜凄伤的摇篮曲：

你，你这个小孩
你是我这一生中摇过的小孩里
最最顽皮的一个小孩
妈妈的百宝箱里没有几颗玛瑙（兰屿人以玛瑙为传家宝）
妈妈可以给你的非常少

妈妈只希望你的调皮
将来对你不是坏，是好

兰屿的小孩的确是顽皮的，他们怎可以不顽皮？他们的男孩自古以来便是只凭一把斧头造船造屋，他们的女孩把山野和平地都种成芋头田，他们要打万万千千条鱼，他们怎能不顽皮？

虽然老师中间没有一个是学幼稚教育的，但林茂安和其他老师都决定不要像台湾的幼稚园教文字或数学，他们只管玩，只管听故事，只管唱歌，他们唯一的教学重点是：生活。

这是一家非官方的、却全免费的幼稚园，此外上午供一顿点心，中午供一顿饭，老师要耐心地教“餐桌礼貌”。

由于人手不足，老师常常自兼数职，你忽然听到“咕咕”的鸡叫，原是一位笨老师在捉鸡。兰屿的鸡跟羊都采放牧方式，捉起来不太简单。大清早，你看到有人杀鸡，有人拔毛，那些人也全是“老师”，再等一下，煮鸡和分鸡给学生吃的，仍是“老师”。

然后，你看到有一位，在用手为学生洗衣服（没有电的地方当然没有洗衣机）——那是李老师，她是淡江德文系肄业的。她那样认真地打扫清洗，要让每一个孩子学会清洁。

小孩穿衣服当然不懂珍惜，每件衣服都脏得可以，李老师就那样日复一日地搓洗下去。

小孩又老是掉围兜，这也是当初没想到的麻烦，围兜已经发了两次了，看来还会需要再发。有一次，有个很乖巧的小女孩早上不敢到学校来，只是站在家门口哭，最后，老师终于弄明白了，她的围兜被烧坏了，她不敢来上学。她的父亲昨天喝醉了酒，香烟不小心把围兜烧得一个洞一个洞的，孩子伤心地哭着，老师终于把她劝来上学了——当然，免不了还要再给她一件新围兜。

老师的心情正是母亲的心情

“小朋友，手拿出来！”一走进教室，坐好，江老师就开始问，“你们有没有洗脸？有没有换干净衣服？”小孩都点了头。

“钟启义，”那小男孩不好意思，扭扭捏捏地被拉起来，“你们看钟启义很干净是不是？”

钟启义不好意思地“忍受”着老师的赞美，这小孩长大了会是什么样的孩子呢？一个大智若愚深藏不露的人物吧！

“谢雯萱，她也很干净，是不是？”

谢雯萱显然是个美人坯子，她是个汉人跟雅美人的“混血儿”，父亲在宾馆做事，这些年买了些车子租给荣工队，小女孩穿得干净漂亮。

“大狮子说，”江老师手里玩着一个狮子头，“兰恩幼稚园的小朋友，你们要走路轻轻，说话轻轻，搬椅子也要轻轻，大狮子说，请你们过来唱‘坐飞机’的歌好吗？”

孩子一下拥上去，七嘴八舌谈着飞机，世界上恐怕极少有幼稚园刚刚好就设在飞机场旁边。而且，兰屿的飞机又是小飞机，机场毫无遮拦，江老师有时也带着孩子走到跑道旁去看飞机，那光景，就像都市的小孩站在路旁看摩托车一样随便平常。

然后，他们唱一首歌：

稀奇稀奇真稀奇
漂过大海漂过溪
没手没脚能游泳
乘风破浪快如飞

都市里的孩子可能也唱这首歌，但，兰恩幼稚园的孩子唱这首歌却是截然不同的，他们谁家没有一条船呢？每个孩子都渴望能坐一下船，他们也眼巴巴地望着大船自台东带来补给品，他们几乎每一个都在想：

“有一天，我要坐船到台湾去！”

“她是我妹妹。”下课的时候，阿雄说。

“我叫他大哥哥，他叫我小妹妹。”那叫小燕的女孩补充道。

两个孩子牵着手，看起来又亲爱又漂亮。

“你的妈妈就是她的妈妈，是不是？”

“不是，不是。”两个人一起急着否认，小手仍然紧紧拉在一起，好一对青梅竹马。

小燕是另一个混血儿，美丽黏人。

“这里是‘娃娃角’，这里是‘沙坑角’，这里是‘积木角’，这里是‘阅读角’，”林茂安说，“我想等有空的时候做份卡片，详细记载每个孩子的性向，看他们花在哪里的时间最多。”

“这一间本来是午睡室，你看，满架子都是棉被，”林茂安继续说，“但后来发现兰屿的小孩不一样，叫他们午睡他们太痛苦了，他们甚至宁可逃学来罢睡。真的，他们晚上六七点就睡了，白天精神好得要命，老师后来也只好投降，不再强迫他们睡觉。不过，这样一来老师就更苦了，中午也要陪着小孩玩。”

“在小孩毕业的时候，”林茂安说，“我想送他们每人一个相片簿，里面第一页是他单人的照片，然后，是全体的生活照片。”

一个小女孩跑过来，她的脚指甲不知什么时候被颜色笔涂成绿色的，让人又好笑又好气。

“从台湾回来的小姐，脚上都是这样的！”她无限得意地说。

开学几个月以后，“世界展望会”答应用他们的车子载送小朋友，可是有的时候，他们自己也有事，不能在放学前赶来接小孩回家。碰到这样的时候，江老师便握起小朋友的手，沿着涛声，穿过两侧野菠萝，一路往前走，把孩子一一送到邻村的人家。在风雨的下午，人影愈走愈小，那景象看来特别温暖动人。

“我们刚从台东买了六只小鸡，今天早上把箱子拿出来，一转眼就全不见了，山上有狐狸，不知是不是狐狸偷吃了？”林茂安不胜惋惜，“我想辟个园子种点蔬菜，让孩子午餐的菜不必全靠采买，我还想找几样动物来养——有些动物兰屿的小孩从来没见过。不过这一切都要人力……”

“我还听说蚯蚓能吃垃圾，改变土质，我也想去买些来……”

看得出来，他是大大小小的事件无不萦绕胸中的人，但是，人呢？钱呢？

“朗岛那边的人每次看到我就说：‘林老师啊！你也来我们村子上办个幼稚园给我们小孩上嘛！’我也想，可是……”

清秀颀长的江老师是另外一则传奇。

“有时候，当我沮丧的时候，我会想：‘凭什么，为什么我一定要待在兰屿？’我很想回家，我可能是疲倦了？生气了？失望了？我可能是太在乎回报了？我可能自以为付出很多，孩子却没有听话，所以我就气馁了？——我找不到我非留下不可的理由，可是我知道一件事，我舍不得走。

“妈妈起先听我说要来兰屿，吓坏了，除了怕待遇少工作苦，她立刻想到的就是：‘完了，她嫁不掉了！’哈！我自己倒不太怕，反正刚毕业。

“其实，我从小就看惯了山地人，我父亲年轻时候在日本学医，回来不久就做了山地传道人，他工作的对象是屏东的排湾族。我小时候很少看到父亲，倒是常看到家里出出入入都是山地人，我跟他们相处得很自然，其中有个孩子，跟我父亲做翻译，他叫我妈妈‘阿妈’，他差不多是在我们家长大的。

“我读中学的时候，父亲就去世了，但是，我一直记得他说的话：‘如果你希望到山地工作，你一定要跟他们一起生活。’我一直很佩服我父亲，我没有想到自己也会走上这条路。

“这些小孩，怎么说呢，真是又好气又好笑，有一次我问他们：‘小朋友，你们到兰恩幼稚园，最喜欢做的是什么？’我以为他们会说唱歌或者画图什么的，结果一个小朋友大声回答说：‘我最喜欢的是——逃跑。’唉，记得刚开始的时候，他们真喜欢跑，我们做老师的还得满山遍野去抓孩子，他们又跑得快，我们哪里是对手，没办法，只好垂头丧气地回来。嘿，没想到，你一脚回来，他大概也没乐趣了，居然也跟着跑回来了！”

在这样跑跑抓抓之中，多少孩子在成长？五十年或七十年后，当他们之中某个人物写起回忆录来的时候，这些事件都记忆犹新吧？

去年，江老师刚毕业的时候，由于自己完全没有学过幼稚教育，不知要如何着手，有一位双连幼稚园的蔡老师鼓励她说：“去吧！别的东西可以慢慢学，只要有一颗爱心，就够了！”

当然，爱心是空灵高渺的，但爱的行动却是烦琐累人的。一年来，她感到自己的成长。当天气不好、运输船延误了，她焦急地说：“怎么办，孩子的饼干都快没了！”听那口气，你感到，她不单是老师，也是母亲。

林茂安有一张小的书桌，桌上有一块小玻璃，玻璃下压着一片极小的书签，上面有一段这样的话：

如果一个孩子生活在容忍中——他就学会忍耐
如果一个孩子生活在鼓励中——他就学会自信
如果一个孩子生活在公平中——他就学会公义
如果一个孩子生活在安全中——他就学会信心
如果一个孩子生活在赞许中——他就学会喜爱自己
如果一个孩子生活在被人接纳和友谊中——他就学会在这个世界里去寻找爱

或者，作为一个老师，他们的心情也正是那首摇篮曲中母亲的心情：

你，你这个小孩
你是我这一生中摇过的小孩里
最最顽皮的一个小孩
妈妈的百宝箱里没有几颗玛瑙
妈妈可以给你的非常少
妈妈只希望你的调皮
将来对你不是坏，是好

一朵常开不萎的爱心花

“如果你们春天来，”林茂安说，“满山都是野百合，每个人手里都可以抱上一大抱花。”

四月以后，野百合会谢，但兰恩幼稚园，一朵爱心的花，开在中国的最东端，承受第一线的晨曦，却常开不萎。

只有一双踏遍红尘的鞋子，
载着一个长途役役的旅人走来，
继续向大地叩问人间的路径。

只有一个自身，

只有一个一空依傍的自我，

没有莲花座，没有祥云，

属于山城台北的林语堂

和一般人相比，作家（或艺术家）也许更像一个鬼魂。

鬼魂凌虚御风，穿梭有无之间，又能探幽见微，直指人心，在另一方面鬼魂却渺渺冥冥，空无依傍，他们必须找到一具肉身来投寄——这肉身，我把它定义成“空间”。而空间可以是一座城或一个镇，一片戈壁或一湾河域或是奇峰连绵不尽的山回之处。

我们能想象没有楚山楚水芷岸兰汀的屈原吗？我们能同意没有永州和柳州的柳宗元吗？没有了黄州惠州和儋州的苏东坡多么不精彩啊！删去湘西凤凰一带的青山绿水，沈从文还剩下什么呢？同理，鲁迅一旦离了鲁镇那些可厌可憎又复可悯的乡民，也就什么故事都讲完了。萧红所急于逃离的北大荒，其实正是她的胎盘啊！

所以，张爱玲和上海是绑在一起牢不可分的共生体，老舍必然是北京城的，黄春明理所当然是宜兰的代言人。好，那么像林语堂这种人，这种在二十世纪初期就已在全世界穿梭的知名的中国人，你要怎样看待他呢？故居故里对他也重要吗？答案是肯定的。

林语堂从小住在福建漳州，他自称是龙溪（龙溪即漳州）人。漳州多山，山多田少，人民不免贫困，又放着大好海洋在眼前，不移民白不移民，所以漳州走天下的人极多，其中有些走走就走到台湾来了。台湾的闽南人包括漳州和泉州，当然闽东的人（如福州、连江、长乐、莆田）也不忘跑到台湾来分一杯羹，其中也有些跑到马祖去的，马祖至今保持福州话为他们可爱的“岛语”（国语当然照说）。

林语堂住在层峦叠嶂的漳州，那个美丽的山城，山从此在他心中变成了可敬仰的图腾，象征着昂扬、出尘，另有高志。他甚至把人分为“有山之人”和“无山之人”，无山之人就是平原之人，平原被他解读为平凡平庸迟滞无趣的领域，这当然不公平，大平原自有大平原之美，但文学家的这种本位主义是可以原谅的，甚至是可以鼓励的。

林语堂第一次离家是前往厦门和鼓浪屿读书（这两个地方是不分家的，至今以小轮渡相通，小轮渡自厦至屿不要钱，回程才收两倍价钱），对他而言，那已是通衢大市，现代文明了。等他更大些，要读大学了，他去了上海。上海五光十色，城开不夜，又是另一番世界了。这以后林氏去北京、去美国、去德国、去南洋……而最后，他回到了台北。

他真正想回去的那地方叫龙溪吗？那青山为墙碧水为界的地方。但那里一时回不去，他便选择了台北，盖了一栋小小的青瓦白墙的屋子，在阳明山的半山腰上，黄昏时眺望整个关渡平原，以及观音山的落日，他的坟后来便挖在自家的庭院里，朝着晚霞方向。

人死了，照西洋的习惯，某条横杠的右边就多了一个数字。以林语堂为例，他就从“一八九五—”变成了“一八九五—一九七六”，我一直奇怪，觉得另一个写法也许更合理，那便是“漳州—台北”。

士林老街上还有栋老电影院，我每次经过的时候，都会想到当年满世界跑，却最后倦游归来台北的林语堂曾到此处看电影。电影演什么不重要，林氏在左右座上忽然听到久违的乡音而衷心的喜悦才令人动容，我今站在林氏故居的小廊上，不禁要低喟一声：

“属于山城台北的林语堂啊！”

东邻的竹和西邻的壁

午夜，我去后廊收衣。

如同农人收他的稻子，如同渔人收他的网，我收衣服的时候，也是喜悦的，衣服溢出日晒后干爽的清香，使我觉得，明天，或后天，会有一个爽净的我，被填入这些爽净的衣衫中。

忽然，我看到西邻高约十五公尺的整面墙壁上有一幅画。不，不是画，是一幅投影。我不禁咋舌，真是一幅大立轴啊！

大画，我是看过的，大千先生画荷，用全开的大纸并排连作，恍如一片云梦大泽。我也曾在美国德州，看过一幅号称世界最大的画。看的时候不免好笑，论画，怎能以大小夸口？德州人也许有点奇怪的文化自卑感，所以动不动就要强调自己的大。那幅画自成一间收藏馆，进去看的人买了票，坐下，像看电影一样，等着解说员来把大画一处处打上照灯，慢慢讲给你听。

西方绘画一般言之多半作扁形分割，中国古人因为席地而坐，所以有一整面的墙去挂画，因而可以挂长长的立轴。我看的德州那幅大画便是扁形的，但此刻，投射在我西邻墙上的画却是一幅立轴，高达十五公尺的立轴。

我四下望了望，明白这幅投影画是怎么造成的了。原来我的东邻最近大兴土木，为自己在后院造了一片景致。他铺了一片白色鹅卵石，种上一排翠竹，晚上，还开了强光投射灯，经灯一照，那些翠竹便把自己“影印”到那面大墙上。

我为这意外的美丽画面而惊喜呆立，手里还抱着由于白昼的恩赐而晒干的衣服，眼中却望着深夜灯光所幻化的奇景。

这东邻其实和我隔着一条巷子，我们彼此并不贴邻，只是他们那栋楼的后院接着我们这栋的后院。三个月前他家开始施工，工程的声音成天如雷贯耳，住这种公寓房子真是“休戚与共”，电锯电钻的声音竟像牙医在我牙床上动工，想不头痛也难。三个月过去，我这做邻居的倒也得到一分意外的奖品，就是有了一排翠生生的绿竹可以看。白天看不算，晚上还开了灯供你看，我想，这大概算是我忍受噪音的补偿吧？

我绝少午夜收衣服，所以从来没有看到这种娟娟竹影投向大壁的景致，今晚得见，也算奇缘一场。

古代有一女子，曾在夜晚描画窗纸上的竹影，我想那该算是写实主义的笔法。我看到的这一幅却不同，这一幅是把三公尺高的竹子，借着斜照的灯光扩大到十五公尺，充满浪漫主义的荒渺夸大的美感。

此刻，头上是台北上空有限的没有被光害完全掐死的星光，身旁又有奇诞如神话的竹影，我忽然充满感谢。想我半生的好事好像都是如此发生的：东邻种了一丛竹，西邻造了一堵壁，我却是站在中间的运气特别好的那一位，我看见了东园修竹投向西家壁面的奇景。

对，所有的好事全都如此发生，例如有人写了《红楼梦》，有人印了《红楼梦》，有人研究了红学，而我站在中间，左顾右盼，大快之余不免叫人来一起来瞧瞧，就这样，竟可以被叫作教授。又例如人家上帝造了好山好水，工人又铺了好桥好路，我来到这大块文章之前，喟然一叹，竟因而被人称为作家……

东邻种竹，但他看到的是落地窗外的竹，而未必见竹影。西邻有壁，但他们生活在壁内，当然也见不到壁上竹影。我既无竹也无壁，却是奇景的目击者和见证人。

是啊，我想，世上所有的好事都是如此发生的……

再跟我们讲个笑话吧

——怀念世棠

不知怎么开的头，他谈起他小时候，在上海弄堂里住，对面有一家义学，夜间上课，来的人都是目不识丁的三轮车夫或苦力之类的。夜晚，对面亮着灯，那些汉子诚心诚意地扮起乖乖的小学生来，一个个拉长调子念道：

“晋太元中，武陵人……”

他一边说，一边就吟起那调子。

我立刻为之五内震动，并且牢牢记住那吟法——我为什么如此？大约是为那些劳力者对知识的崇敬而感触万端。黄昏，拉了一天的车，扛了一天的货，那些人必然累了，但他们勉力来上学，来读《桃花源记》，美丽的晋代的桃花源对他们的现实生活能产生什么好处？大约什么都没有吧？但他们仍虔诚地大声吟诵，觉得那里有点什么可攀的高贵，什么可及的梦想……

我也怜徐世棠——这个说故事给我听的友人，他必然曾是一个富厚之家的寂寞小男孩吧？他为什么凭窗而望，并且牢牢记住那些汗污的面孔和书声？他重述那场景时为什么眼中有湿意，声中有悲悯？

认识世棠，是我大一那年，到最后一次和他通电话——在他死前二十天，这段友谊共是三十九年。

世棠在艺专读音乐，擅钢琴，所以在教会担任司琴的工作。他的钢琴在我听来简直是出神入化，像他的人，雄辩，滔滔不绝，而又娓娓动听。大伙隐约知道他家世不错，住在中山北路不知几条通里，反正那是某些有钱人住的地方。但世棠的穿着却刻意邋遢，大概那是他年轻时叛逆的一种方式吧！一双肥头而又半张嘴的旧鞋尤其令人印象深刻。教会里向例都有个奉献箱，供人投进金钱，某次奉献箱里有位不知名的好心人提供了一笔钱，上面注明“供司琴弟兄买鞋之用”。他居然被当成济贫的对象了，朋友闻之，无不绝倒。

又有一次，下雨天，他不知哪里弄到一件又旧又大的斗篷式黑雨衣穿着，站在许昌街上，竟有路人把他当成三轮车夫，问他：

“××路去不去？”

那种款式的雨衣的确是车夫常穿的。我想他努力要在衣着上让自己摆脱那个有钱的家。他想做他自己，很普罗大众的自己，其实，只此一件事，大概就把他累得半死。

世棠圆脸上的圆眼睛，鼓胀的腮颊充满可爱的喜感。圣诞节扮起圣诞老人来非他莫属，我现在还能忆起他背上的礼物袋，他这一世也真像个圣诞老人，到处去散播好东西，只是，他似乎忘了留一件给自己了。

世棠天生有老人和小孩缘，读大学的时候，他有一次和朋友一起赴深山，到原住民的村落去，他背着一架手风琴，走到哪里便拉到哪里，每到一个村子，总能把一村的小孩迷死。

朋友相聚的时候世棠的角色永远不变，他是负责逗大家快乐的人，他总有说不完的笑话，又极善模仿人，大家笑得滚做一团的时候，他一径保持木木的一张脸，死撑着不笑，现在回想起来，不知道那里面有没有一种成分叫寂寞。

世棠有个奇怪的嗜好，是做蛋糕，当时很少人家里有烤箱，即使有，做蛋糕也该是女孩子的事——当然，这件事多少也和他的英文好有关系，当年并没有什么中文蛋糕的食谱，要看懂英文食谱在当年来说是件难事。

世棠是梁实秋迷，梁教授是他的父执辈，他一提起梁教授便话题不绝：

“刚来台湾的时候，他就借住在我们家呀！到台湾，梁先生心情并不好。可是，晚上，梁师母在白灯罩上点了几点红点，梁先生便加上枝干，一幅红梅图就蹦出来了。”

我又一惊，和三轮车夫的故事一样动人，一个是劳力阶级对知识的虔敬信仰，一个是读书人对困厄环境的夷然眼神。两者都令我默然久之。

世棠后来一直常去梁家做客，梁家当年座上客不少，但能得梁先生的冷隽和幽默之传的，似乎只世棠一人。

世棠的父母和冰心夫妇也熟，他小时候甚至是冰心的干儿子，前些年他还去访问过这位干妈。

世棠在艺专读书似乎不是什么乖乖牌的学生，但由于英文好，他倒是常被选作学生代表，去美国开些国际性的会。

“啊！美国有一种冰的点心，叫‘火烧阿拉斯加’，一块雪糕，浇上酒，点上火一烧，立刻端上来。还有一种饮料叫Root Bear，厚厚的玻璃杯，事先冰得透透的，杯上结了霜，把饮料倒进去，一喝，哇！——”我垂涎三尺，立志在有生之年一定要吃到这两种好东西。

由于爱英文，继艺专之后他又去读了辅仁外文。他的梦想是做个口译员，后来他果真考上联合国英翻中的口译员。后来辞了职回来，供职于新闻局。

由于没有正式的公务员铨叙资格，他的薪水极低，到了难以维生的程度。绝处逢生，倒也被他想出了一个办法，就是下班后到餐厅去弹钢琴，一方面赚外快，另一方面，勉强算是公余的休息——一个人想要拥抱自己的土地和人民，从现实层面来说有时也真是很艰难的。

那段时间世棠也回辅仁教书，倒是发生了一件特别的事。有位女生，从南部来，读大一，是他英文班上的，她对老师的课十分入迷。不料到了下学期，她被学校分到第二班，而世棠教的是第一班。这女生很失望，打算不修这门课了，宁可去世棠班上旁听。世棠知道此事后力劝女孩照规定选课，女孩忖度，以为选了课之后，或者老师有什么神通把她调到第一班也未可知——不料没有。但等上课的时候，她才赫然发现世棠已经把自己调到第二班来了！这女孩说：

“我当时从南部来台北，土土的，从来不知道重视自己——而这件事改变了我的一生，我知道我得做好，免得让老师为我这样做却不值得。”

这女孩名叫黄乃毓，目前是师大家政研究所的教授。

世棠后来转去文建会工作，那是在申学庸教授主掌文建会的时候。

之后他又参与外贸协会的工作，前后共十三年，最近八年一直驻伦敦。也许由于年龄，他非常渴望回台湾，无奈未蒙许可，他有时候短期回来——只为听几场昆剧，真是手法豪奢。

他死后有人为他没能早离英国回到台湾惋惜，我则说：

“如果我是他长官，我也不放他，这种中英文俱佳的人才到哪里去找！”

有一件事，世棠曾多次谢我，因为我一度对他说：

“你，那么能说的人，怎么可能不会写呢？试试看写点什么吧！”

世棠写了，果真文笔爽飒明亮，如短笛信吹，自成佳趣。

“都是晓风叫我写的呀！她说的，‘能言者必能文’！”

我每次都想订正他的话，但都没说——其实，不是所有擅长说话的人都能写好文章。是那些说完故事能令人心神震动如山崩海啸的高手才能。世棠其实很像英文所形容的“讲故事的人”，他永远能把故事陈述得那么好！奇怪的是有时候他那么孤傲难处，但有时候他又那么认真卑微地用故事和笑话来取悦于人，什么场合只要有世棠在便热闹融洽，这种令人愉悦的才分不是常人轻易可以拥有的。

有时候世棠也试用文言文写文章，我惊奇之余才悟到他有些地方是十分古典的。例如他爱写信。其实这一点，颇令人难以招架。古老的书信艺术不是一般人能身体力行的，因而不免让自己陷入“欠信”的不义状态。欠信不比欠债好受，尤其在世棠过去后，我每次想到自己常不回他信，就内疚不已。

近五年来我一直希望世棠做一件事，我希望他能录一卷录音带。他讲的故事那么活灵活现，他不只属于我们这个时代，下个世纪的孩子应该也有权利分享他的声音。他立刻就被说动了，也许他本来即有此意吧？

最后一个暑假，他真的走进录音室，要为孩子们讲一个故事。什么故事呢？他想起自己八岁起就极爱的故事——王尔德的《快乐王子》。五十年过去了，他坐在录音室里娓娓地复述起这故事，他的声音干净敦实，充满感情：

——但是，他还没有张开翅膀，第三滴水又落了下来，他仰起头去看，他看见——啊！他看见了什么？

快乐王子的眼里装满了泪水，泪珠沿着他的黄金的脸颊流下来。他的脸在月光里显得这么美，叫小燕子的心里也充满了怜悯。

“你是谁？”他问道。

“我是快乐王子。”

“那么你为什么哭呢？”燕子又问，“你看，你把我一身都打湿了。”

“从前我活着，有一颗人心的时候，”王子慢慢地答道，“我并不知道眼泪是什么东西，因为我那时候住在无愁宫里，悲哀是不能进去的——”

“我觉得，他自己就是那个‘快乐王子’！”他去世之后一位朋友斩钉截铁地说。

我想的确是吧，那个悲愁的快乐王子。

世棠走后我曾和他的老母亲通过电话，据她老人家说，世棠年少时曾立志当牧师，母亲以为不可，说他生性太爱说笑取闹，有所不宜。我听了不免吓一跳，因为三十多年的老友，我竟不知他当年有此心愿。当年一起长大的朋友中有几个看来特别虔诚深稳的，他们后来倒也的确不负众望做了牧师。但大家万万没有想到这位每次聚会都负责把大家肚子笑痛的一位，内心深处竟期望自己是一位驻堂牧师。

现在想来，也许他这一生所做的事都只是在实践他少年时期的梦想：他做口译员，他去新闻局、文建会，他做驻英国的贸协主任，他写文章，他为孩童录音，他勤于给朋友写信并鼓励他们，这一切全等于在牧养这个时代，在服役这些人群。他终于做了另一种意义的牧师。

世棠独居在伦敦市郊，一九九七年十二月二十六日有人还看见他，他可能死于十二月二十七日的心脏病，十二月三十日同事破门而入，才发现他已远行，得年五十九岁。死前他似乎正要出门，所以西装领带俨然，这样有尊严而不受苦的死法当然值得羡慕，悲伤的是我们这群还留在世上的朋友。谁能来跟我们再讲个笑话呢？人生的欢乐原来是这样稀少易逝，讲笑话的人一走，场子岂不立刻冷了。

什么时候，再跟我们讲个笑话吧！世棠！

这世界上不缺乏专家，
不缺乏权威，
缺乏的是一个『人』，
一个肯把自己给出去的人。

初　雪

诗诗，我的孩子：

如果五月的花香有其源自，如果十二月的星光有其出发的处所，我知道，你便是从那里来的。

这些日子以来，痛苦和欢欣都如此尖锐，我惊奇在它们之间区别竟是这样的少。每当我为你受苦的时候，总觉得那十字架是那样轻省。于是我忽然了解了我对你的爱情，你是早春，把芬芳秘密地带给了园。

在全人类里，我有权利成为第一个爱你的人。他们必须看见你，了解你，认识你而后才决定爱你，但我不需要。你的笑貌在我的梦里翱翔，具体而又真实。我爱你没有什么可夸耀的，事实上没有人能忍得住对孩子的爱情。

你来的时候，我开始成为一个爱思想的人，我从来没有这样深思过生命的意义，这样敬重过生命的价值，我第一次被生命的神圣和庄严感动了。

因着你，我爱了全人类，甚至那些金黄色的雏鸡，甚至那些走起路来摇摆不定的小狗，它们全都让我爱得心疼。

我无可避免地想到战争，想到人类最不可抵御的一种悲剧。我们这一代人像菌类植物一般，生活在战争的阴影里。我们的童年便在拥塞的火车上和颠簸的海船里度过。而你，我能给你怎样的一个时代？我们既不能回到诗一般的十九世纪，也不能隐向神话般的阿尔卑斯山，我们注定生活在这苦难的年代，以及苦难的中国。

孩子，每思及此，我就对你抱歉，人类的愚蠢和卑劣把自己陷在悲惨的命运里。而今，在这充满核子恐怖的地球上，我们有什么给新生的婴儿？不是金锁片，不是香槟酒，而是每人平均相当一百万吨 TNT 的核子威力。孩子，当你用完全信任的眼光看这个世界的时候，你是否看得见那些残忍的武器正悬在你小小的摇篮上？以及你父母亲的大床上？

我生你于这样一个世界，我也许是错了。天知道我们为你安排了一段怎样的旅程。

但是，孩子，我们仍然要你来，我们愿意你和我们一起学习爱人类，并且和人类一起受苦。不久，你将学会为这一切的悲剧而流泪——而我们的世代多么需要这样的泪水和祈祷。

诗诗，我的孩子，有了你我开始变得坚韧而勇敢。我竟然可以面对着冰冷的死亡而无惧于它的毒钩。我正视着生产的苦难而仍觉傲然。为你，孩子，我会去胜过它们。我从没有像现在这样热爱过生命。你教会我这样多成熟的思想和高贵的情操，我为你而献上感谢。

前些日子，我忽然想起《新约》上的那句话：“你们虽然没有见过他，却是爱他。”我立刻明白爱是一种怎样独立的感情。当油加利的梢头掠过更多的北风，当高山的峰巅开始落下第一片初雪的莹白，你便会来到。而在你珊瑚色的四肢还没有开始在这个世界挥舞以前，在你黑玉的瞳仁还没有照耀这个城市之先，你已拥有我们完整的爱情。我们会教导你在孩提以前先了解被爱。诗诗，我们答应你要给你一个快乐的童年。

写到这里，我又模糊地忆起江南那些那么好的春天，而我们总是伏在火车的小窗上，火车绕着山和水而行，日子似乎就那样延续着，我仍记得那满山满谷的野杜鹃！满山满谷又凄凉又美丽的忧愁！

我们是太早懂得忧愁的一代。

而诗诗，你的时代未必就没有忧愁，但我们总会给你一个丰富的童年，在你所居住的屋顶下没有属于这个世界的财富，但有许多的爱、许多的书、许多的理想和梦幻。我们会为你砌一座故事里的玫瑰花床，你便在那柔软的花瓣上游戏和休息。

当你渐渐认识你的父亲，诗诗，你会惊奇于自己的幸运，他诚实而高贵，他亲切而善良。慢慢地你也会发现你的父母相爱得有多么深。经过这样多年，他们的爱仍然像林间的松风，清馨而又新鲜。

诗诗，我的孩子，不要以为这是必然的，这样的幸运不是每一个孩子都有的。这个世界不是每一对父母都相爱的。曾有多少个孩子在黑夜里独泣，在他们还没有正式投入人生的时候，生命的意义便已经否定了。诗诗，诗诗，你不会了解那种幻灭的痛苦，在所有的悲剧之前，那是第一出悲剧。而事实上，整个人类都在相残着，历史并没有教会人类相爱。诗诗，你去教他们相爱吧，像那位诗哲所说的：

> 他们残暴地贪婪着，嫉妒着，他们的言辞有如隐藏的刀锋正渴于饮血。
>
> 去，我的孩子，去站在他们不欢之心的中间，让你温和的眼睛落在他们身上，有如黄昏的柔霭淹没那日间的争扰。
>
> 让他们看你的脸，我的孩子，因而知道一切事物的意义，让他们爱你，因而彼此相爱。

诗诗，有一天你会明白，上苍不会容许你吝守着你所继承的爱。诗诗。爱是蕾，它必须绽放。它必须在疼痛的破拆中献出芳香。

诗诗，你也教导我们学习更多更高的爱。记得前几天，一则药商的广告使我惊骇不已，那广告是这样说的："孩子，不该比别人的衰弱。下一代的健康关系着我们的面子。要是孩子长得比别人的健康、美丽、快乐，该多好多荣耀啊。"诗诗，人性的卑劣使我不禁齿冷。诗诗，我爱你，我答应你，永不在我对你的爱里掺入不纯洁的成分。你就是你，你永不会被我们拿来和别人比较，你不需要为满足父母的虚荣心而痛苦。你在我们眼中永远杰出，你可以贫穷、可以失败，甚至可以潦倒。诗诗，如果我们骄傲，是为你本身而骄傲，不是为你的健康美丽或者聪明。你是人，不是我们培养的灌木，我们决不会把你修剪成某种形态来使别人称赞我们的园艺天才。你可以照你的倾向生长，你选择什么样式，我们都会喜欢——或者学习着去喜欢。

我们会竭力地去了解你，我们会慎重地俯下身去听你述说一个孩童的秘密愿望。我们会带着同情与谅解帮助你度过忧闷的少年时期。而当你成年，诗诗，我们仍愿分担你的哀伤，人生总有那么些悲怆和无奈的事，诗诗，如果在未来的日子里你感觉孤单，请记住你的母亲，我们的生命曾一度相系，我会努力使这种系联持续到永恒。我再说，诗诗，我们会试着了解你，以及属于你的时代。我们会信任你——上帝从未赐下坏的婴孩。

我们会为你祈祷，孩子，我们不知道那些古老而太平的岁月会在什么时候重现。那种好日子终我们一生也许都看不见了。

如果这种承平永远不会再重现，那么，诗诗，那也是无可抗拒无可挽回的事。我只有祝福你的心灵，能在苦难的岁月里有内在的宁静。

常常记得，诗诗，你不单是我们的孩子，你也属于山，属于海，属于五月里无云的天空——而这一切，将永远是人类欢乐的主题。

你即将长大，孩子，每一次当你轻轻地颤动，爱情便在我的心里急速涨潮。你是小芽，蕴藏在我最深的深心里，如同音乐蕴藏在长长的箫笛中。

前些日子，有人告诉我一则美丽的日本故事。说到每年冬天，当初雪落下的那一天，人们便坐在庭院里，穆然无言地凝望那一片片轻柔的白色。

那是一种怎样虔敬动人的景象！那时候，我就想到你，诗诗，你就是我们生命中的初雪。纯洁而高贵，深深地撼动着我。那些对生命的惊服和热爱，常使我在静穆中有哭泣的冲动。

诗诗，给我们的大地一些美丽的白色。诗诗，我们的初雪。

山水是花，
天地是更大的花，
我们遂挺然成花蕊。

常常，我想起那座山

一方纸镇

常常，我想起那座山。

它沉沉稳稳地驻在那块土地上，像一方纸镇。美丽凝重，并且深情地压住这张纸，使我们可以在这张纸上写属于我们的历史。

有时是在市声沸天、市尘弥地的台北街头，有时是在拥挤而又落寞的公共汽车站，有时是在异乡旅舍中凭窗而望，有时是在扼腕奋臂、抚胸欲狂的大痛之际，我总会想起那座山。

或者在眼中，或者在胸中，是中国人，就从心里想要一座山。

孔子需要一座泰山，让他发现天下之小。

李白需要一座敬亭山，让他在云飞鸟尽之际有“相看两不厌”的对象。

辛稼轩需要一座妩媚的青山，让他感到自己跟山相像的“情与貌”。

是中国人，就有权利向上帝要一座山。

我要的那一座山叫拉拉山。

山跟山都拉起手来了

“拉拉是泰雅尔话吗？”我问胡，那个泰雅尔司机。

“是的。”

“拉拉是什么意思？”

“我也不知道，”他抓了一阵头，忽然又高兴地说，“哦，大概是因为这里也是山，那里也是山，山跟山都拉起手来了，所以就叫拉拉山啦！”

他怎么会想起来用“国语”的字来解释泰雅尔的发音的？但我不得不喜欢这种诗人式的解释，一点也不假，他话刚说完，我抬头一望，只见活鲜鲜的青色一刷刷地刷到人眼里来，山头跟山头正手拉着手，围成一个美丽的圈子。

风景是有性格的

十一月，天气一径地晴着，薄凉，但一径地晴着。天气太好的时候我总是不安，看好风好日这样日复一日地好下去，我说不上来的焦急。

我决心要到山里去一趟，一个人。

说得更清楚些，一个人，一个成年的女人，活得很兴头的一个女人，既不逃避什么，也不为了出来“散心”——恐怕反而是出来“收心”，收她散在四方的心。

一个人，带一块面包，几只黄橙，去朝山谒水。

有的风景的存在几乎是专为了吓人，如大峡谷，它让你猝然发觉自己渺如微尘的身世。

有些风景又令人惆怅，如小桥流水（也许还加上一株垂柳，以及模糊的鸡犬声），它让你发觉，本来该走得进去的世界，却不知为什么竟走不进去。

有些风景极安全，它不猛触你，它不骚扰你，像罗马街头的喷泉，它只是风景，它只供你拍照。

但我要的是一处让我怦然惊动的风景，像宝玉初见黛玉，不见眉眼，不见肌肤，只神情恍惚地说：

“这个妹妹，我曾见过的。”

他又解释道：“虽没见过，却看着面善，心里倒像是远别重逢的一般。”

我要的是一个似曾相识的山水——不管是在王维的诗里初识的，在柳宗元的《永州八记》里遇到过的，在石涛的水墨里咀嚼而成了瘾的，或在魂里梦里点点滴滴一石一木蕴积而有了情的。

我要的一种风景是我可以看它也可以被它看的那种。我要一片“此山即我，我即此山，此水如我，我如此水”的熟悉世界。

有没有一种山水是可以与我辗转互相注释的？有没有一种山水是可以与我互相印证的？

包装纸

像歌剧的序曲，车行一路都是山，小规模的，你感到一段隐约的主旋律就要出现了。

忽然，摩托车经过，有人在后座载满了野芋叶了，一张密叠着一张，横的叠了五尺，高的约四尺，远看是巍巍然一块大绿玉。想起余光中的诗——

那就折一张阔些的荷叶

包一片月光回去

回去夹在唐诗里

扁扁的，像压过的相思

台湾荷叶不多，但满山都是阔大的野芋叶，心形，绿得叫人喘不过气来，真是一种奇怪的叶子。曾经，我们的市场上芭蕉叶可以包一方豆腐，野芋叶可以包一片猪肉——那种包装纸真豪华。

一路上居然陆续看见许多载运野芋叶子的摩托车，明天市场上会出现多少美丽的包装纸啊！

肃　然

山色愈来愈矜持，秋色愈来愈透明，我开始正襟危坐，如果米颠为一块石头而免冠下拜，那么，我该如何面对叠石万千的山呢？

车子往上升，太阳往下掉，金碧的夕晖在大片山坡上徘徊顾却，不知该留下来依属山，还是追上去殉落日。

和黄昏一起，我到了复兴。

它在那里绿着

小径的尽头，在芦苇的缺口处，可以俯看大汉溪。

溪极绿。

暮色渐渐深了，奇怪的是溪水的绿色顽强地裂开暮色，坚持地维护着自己的色调。

天全黑了，我惊讶地发现那道绿，仍旧虎虎有力地在流，在黑暗里我闭了眼都能看得见。

或见或不见，我知道它在那里绿着。

赏梅，于梅花未着时

庭中有梅，大约一百株。

“花期还有三四十天。”山庄里的人这样告诉我，虽然已是已凉未寒的天气。

梅叶已凋尽，梅花尚未剪裁，我只能伫立细赏梅树清奇磊落的骨格。

梅骨是极深的土褐色，和岩石同色。更像岩石的是，梅骨上也布满苍苔的斑点，它甚至有岩石的粗糙风霜、岩石的裂痕、岩石的苍老嶙峋。梅的枝枝柯柯交抱成一把，竟是抽成线状的岩石。

不可想象的是，这样寂然不动的岩石里，怎能迸出花来呢？

如何那枯瘠的皴枝中竟锁有那样多莹光四射的花瓣？以及那么多日后绿得透明的小叶子，它们此刻都在哪里？为什么独有怀孕的花树如此清癯苍古？那万千花胎怎会藏得如此秘密？

我几乎想剖开枝子掘开地，看看那来日要在月下浮动的暗香在哪里？看看来日可以欺霜傲雪的洁白在哪里？它们必然正在斋戒沐浴，等候神圣的召唤，在某一个北风凄紧的夜里，它们会忽然一起白给天下看。

隔着千里，王维能回首看见故乡绮窗下记忆中的那株寒梅。隔着三四十天的花期，我在枯皴的树臂中预见想象中的璀璨。

于无声处听惊雷，于无色处见繁花，原来并不是不可以的！

神秘经验

深夜醒来我独自走到庭中。

四下是彻底的黑，衬得满天星子水清清的。

好久没有领略黑色的美了。想起托尔斯泰笔下的《安娜·卡列尼娜》，在舞会里，别的女孩以为她要穿紫罗兰色的衣服，但她竟穿了一件墨黑的，项间一圈晶莹剔亮的钻石，风华绝代。

文明把黑夜弄脏了，黑色是一种极娇贵的颜色，比白色更沾不得异物。

黑夜里，繁星下，大树兀然矗立，看起来比白天更高大。

日本时代留下的那所老屋，一片瓦叠一片瓦，说不尽的沧桑。

忽然，我感到自己被桂香包围了。

一定有一棵桂树，我看不见，可是，当然，它是在那里的。桂树是一种在白天都不容易看见的树，何况在黑如松烟的夜里。如果一定要找，用鼻子应该也找得到。但，何必呢？找到桂树并不重要。能站在桂花浓馥古典的香味里，听那气息在噫吐什么，才是重要的。

我在庭园里绕了几圈，又毫无错误地回到桂花的疆界里，直到我的整个肺纳甜馥起来。

有如一个信徒和神明之间的神秘经验，那夜的桂花对我而言，也是一场神秘经验。有一种花，你没有看见，却笃信它存在。有一种声音，你没有听见，却自知你了解。

当我去即山

我去即山，搭第一班早车。车只到巴陵（好个令人心惊的地名），要去拉拉山——神木的居所——还要走四个小时。

《可兰经》里说："山不来即穆罕默德——穆罕默德就去即山。"

可是，当我前去即山，当班车像一只无桨无楫的舟一路荡过绿波碧涛，我一方面感到作为一个人或一头动物的喜悦，可以去攀援绝峰，可以去横渡大漠，可以去莺飞草长或穷山恶水的任何地方，但一方面也惊骇地发现，山，也来即我了。

我去即山，越过的是空间，平的空间，以及直的空间。

但山来即我，越过的是时间，从太初，它缓慢地走来，一场十万年或百万年的约会。

当我去即山，山早已来即我，我们终于相遇。

张爱玲谈到爱情，这样说：

> 于千万人之中遇见你所遇见的人，于千万年之中，时间的无涯的荒野里，没有早一步，也没有晚一步，刚巧赶上了，也没有别的话可说，唯有轻轻地问一声："噢，你也在这里吗？"

人类和山的恋爱也是如此，相遇在无限的时间，交会于无限的空间，一个小小的恋情缔结在那交叉点上，又如一个小小鸟巢，偶筑在纵横交错的枝柯间。

花是树的一部分，
树是山林地的一部分，
山林地是生活的一部分，
而生活是浑然大化的一部分。

南邻北舍牡丹开，
年少寻芳日几回。
唯有君家老柏树，
春风来似不曾来。

地　名

地名、人名、书名，和一切文人雅居虽铭刻于金石，事实上却根本不存在的楼斋亭阁都令我愕然久之。（那些图章上的地名，既不能说它是真的，也不能说它是假的，只能说，它构思在方寸之间的心中，营筑在分寸之内的玉石。）

中国人的命名恒是如此慎重庄严。

通往巴陵的路上，无边的烟缭雾绕中猛然跳出一个路牌让我惊讶，那名字是：

雪雾闹

我站起来，不相信似的张望了又张望，车上有人在睡，有人在发呆，没有人理会那名字，只有我暗自吃惊。唉，住在山里的人是已经养成对美的抵抗力了，像韦应物的诗“司空见惯浑闲事，断尽苏州刺史肠”。而我亦是脆弱的，一点点美，已经让我承受不起了，何况这种意外蹦出来的、突发的美好。何竟在山叠山、水错水的高绝之处，有一个这样的名字。是一句沉实紧密的诗啊，那名字。

名字如果好得很正常，倒也罢了，例如“云霞坪”，已经好得很够分量了，但“雪雾闹”好得过分，让我张皇失措，几乎失态。

红杏枝头春意闹，但那种闹只是闺中乖女孩偶然的冶艳。而雪雾纠缠，那里面就有了天玄地黄的大气魄，是乾坤的判然分明的对立，也是乾坤的混然一体的含同。

像把一句密加圈点的诗句留在诗册里，我把那名字留在山颠水涯，继续前行。

谢谢阿姨

车过高义，许多背着书包的小孩下了车。“高义国小”在那上面。

在台湾，无论走到多高的山上，你总会看见一所小学，灰水泥的墙，红字，有一种简单的不喧不嚣的美。

小孩下车时，也不知是不是校长吩咐的，每一个都毕恭毕敬地对司机和车掌大声地说：

“谢谢阿姨！”“谢谢伯伯！”

在这种车上服务真幸福。

愿那些小孩永远不知道付了钱就叫“顾客”，愿他们永远不知道“顾客永远是对的”的片面道德。

是清早的第一班车，是晨雾未晞的通往教室的小径，是刚刚开始背书包的孩子，一声“谢谢”，太阳霭然地升起来。

山水的巨帙

峰回路转，时而是左眼读水，右眼阅山，时而是左眼披览一页页的山，时而是右眼圈点一行行的水——山水的巨帙是如此观之不尽。

作为高山路线上的一个车掌必然很怡悦吧？早晨，看东山的影子如何去复罩西山，黄昏的收班车则看回过头来的影子从西山复罩东山。山径只是无限的整体大片上的一条细线，车子则是千回百折的线上的一个小点。但其间亦自是一段小小的人生，也充满大千世界的种种观照。

不管车往哪里走，奇怪的是梯田的阶层总能跟上来，中国人真是不可思议，他们硬是把峰壑当平地来耕作。

我想送梯田一个名字——“层层香”，说得更清楚点，是层层稻香，层层汗水的芬芳。

巴陵是公路局车站的终点。

像一切的大巴士的山线终站，那其间有着说不出来的小小繁华和小小的寂寞——一家客栈，一家“救国团”的山庄，一家兼卖肉丝面和猪头肉的票亭，几家山产店，几家人家，一片有意无意的小花圃，车来时，扬起一阵沙尘，然后沉寂。

公车的终点站是出租车起点，要往巴陵还有三小时的脚程。我订了一辆车，司机是胡先生，泰雅尔人，有问必答，车子如果不遇山崩，可以走到比巴陵更深的深山。

山里出租车其实是不计程的，连计程表也省得装了，开山路，车子耗损大，通常是一个人或好些人合包一辆车。价钱当然比出租贵，但坐车当然比坐滑竿坐轿子人道多了，我喜欢看见别人和我平起平坐。

我坐在前座，和驾驶员一起，文明社会的礼节到这里是不必讲求了，我选择前座是因为它既便于谈话，又便于看山看水。

车虽是我一人包的，但一路上他老是停下来载人，一会儿是从小路上冲来的小孩——那是他家老五，一会儿又搭乘一位做活的女工，有时他又热心地大叫：

“喂，我来帮你带菜！”

许多人上车又下车，许多东西搬上又搬下，看他连问都不问我一声就理直气壮地载人载货，我觉得很高兴。

“这是我家！”他说着，跳下车，大声跟他太太说话。

天！漂亮的西式平房。

他告诉我那里是他正在兴盖的旅舍，他告诉我他们的土地值三万一坪，他告诉我山坡上哪一片是水蜜桃，哪一片是苹果……

“要是你四月来，苹果花开，哼！……”

这人说话老是让我想起现代诗。

“我们山地人不喝开水的——山里的水拿起来就喝！”

“喏，这种草叫‘嗯桑’，我们从前吃了生肉要是肚子痛就吃它。”

“停车，停车。”这一次是我自己叫停的，我仔细端详了那种草，锯齿边的尖叶，满山遍野都是，从一尺到一人高，顶端开着隐藏的小黄花，闻起来极清香。

我摘了一把，并且撕一片像中指大小的叶子开始咀嚼，老天！真苦得要死，但我狠下心至少也得吃下那一片，我总共花了三个半小时，才吃完那一片叶子。

“那是芙蓉花吗？”

我种过一种芙蓉花，初绽时是白的，开着开着就变成了粉的，最后变成凄艳的红。

我觉得路旁那些应该是野生的山芙蓉。

“山里花那么多，谁晓得？”

车子在凹凹凸凸的路上，往前蹦着。我不讨厌这种路——因为太讨厌被平直光滑的大道把你一路输送到风景站的无聊。

当年孔丘乘车，遇人就“凭车而轼”，我一路行去，也无限欢欣地向所有的花、所有的蝶、所有的鸟以及不知名的蔓生在地上的浆果而行“车上致敬礼”。

“到这里为止，车子开不过去了，”司机说，“下午我来接你。”

山水的圣谕

我终于独自一人了。

独自一人来面领山水的圣谕。

一片大地能昂起几座山？一座山能涌出多少树？一棵树里能秘藏多少鸟？一声鸟鸣能婉转倾泄多少天机？

鸟声真是一种奇怪的音乐——鸟愈叫，山愈幽深寂静。

流云匆匆从树隙穿过——云是山的使者吧——我竟是闲于闲云的一个。

“喂！”我坐在树下，叫住云，学当年孔子，叫趋庭而过的鲤，并且愉快地问它，“你学了诗没有？”

并不渴，在十一月山间的新凉中，但每看到山泉我仍然忍不住停下来喝一口。雨后初晴的早晨，山中轰轰然全是水声，插手入寒泉，只觉自己也是一片冰心在玉壶。而人世在哪里？当我一插手之际，红尘中几人生了？几人死了？几人灰情灭欲大彻大悟了？

剪水为衣，抟山为钵，山水的衣钵可授之何人？叩山为钟鸣，抚水成琴弦，山水的清音谁是知者？山是千绕百折的璇玑图，水是逆流而读或顺流而读都美丽的回文诗，山水的诗情谁来管？

视脚下的深涧，浪花翻涌，一直，我以为浪是水的一种偶然，一种偶然搅起的激情。但行到此处，我忽竟发现不然，应该说水是浪的一种偶然，平流的水是浪花偶尔憩息时的宁静。

同样是岛，同样有山，不知为什么，香港的山里就没有这份云来雾往、朝烟夕岚以及千层山万重水的故国韵味。香港没有极高的山、极巨的神木。香港的景也不能说不好，只是一览无遗，坦然得令人不习惯。

对一个中国人而言，烟岚是山的呼吸，而拉拉山，此刻正在徐舒地深呼吸。

在

小的时候老师点名，我们一一举手说：

“在！”

当我来到拉拉山，山在。

当我访水，水在。

还有，万物皆在，还有，岁月也在。

转过一个弯，神木便在那里，在海拔一千八百公尺的地方，在拉拉山与塔曼山之间，以它五十四公尺的身高，面对不满五尺四寸的我。

他在，我在，我们彼此对望着。

想起刚才在路上我曾问司机：

“都说神木是一个教授发现的，他没有发现以前你们知道不知道？”

“哈，我们早就知道啦，从做小孩子就知道，大家都知道的嘛！它早就在那里了！”

被发现，或不被发现，被命名，或不被命名，被一个泰雅尔族的山地小孩知道，或被森林系的教授知道，它反正在那里。

心情又激动又平静，激动，因为它超乎想象的巨大庄严；平静，是因为觉得它理该如此，它理该如此妥贴地拔地擎天。它理该如此是一座倒生的翡翠矿，需要用仰角去挖掘。

路旁钉着几张原木椅子，长满了藓苔，野蕨从木板裂开的瘢目间冒生出来，是谁坐在这张椅子上把它坐出一片苔痕？是那叫作“时间”的过客吗？

再往前，是更高的一株神木叫“复兴二号”。

再走，仍有神木，再走，还有。这里是神木家族的聚居之处。

十一点了，秋山在此刻竟也是阳光炙人的，我躺在复兴二号下面，想起唐人的传奇，虬髯客不带一丝邪念卧看红拂女梳垂地的长发，那景象真华丽。我此刻也卧看大树在风中梳着那满头青丝，所不同的是，我也有华发绿鬓，跟巨木相向苍翠。

人行到“复兴一号”下面，忽然有些悲怆，这是胸腔最阔大的一棵，直立在空无凭依的小山坡上，似乎被雷殛过，有些地方劈剖开来，老干枯败苍古，分叉部分却活着。

怎么会有一棵树同时包括死之深沉和生之愉悦！

那树多像中国！

中国？我是到山里来看神木的，还是来看中国的？

坐在树根上，惊看枕月衾云的众枝柯，忽然，一滴水，棒喝似的打到头上。那枝柯间也有汉武帝所喜欢的承露盘吗？

真的，我问我自己，为什么要来看神木呢？对生计而言，神木当然不及番石榴树，而番石榴，又不及稻子麦子。

我们要稻子，要麦子，要番石榴，可是，令我们惊讶的是我们的确也想要一棵或很多棵神木。

我们要一个形象来把我们自己画给自己看，我们需要一则神话来把我们自己说给自己听：千年不移的真挚深情，阅尽风霜的泰然中矜，接受一个伤痕便另拓一片苍翠的无限生机，人不知而不愠的怡然自足。

树在。山在。大地在。岁月在。我在。你还要怎样更好的世界？

适　者

听惯了“物竞天择，适者生存”使人不觉被绷紧了，仿佛自己正介于适者与不适者之间，又好像适于生存者的名单即将宣布了，我们连自己生存下去的权利都开始怀疑起来了。

但在山中，每一种生物都尊严地活着，巨大悠久如神木，神奇尊贵如灵芝，微小如阴暗岩石上恰似芝麻点大的菌子，美如凤尾蝶，丑如小蜥蜴，古怪如金狗毛，卑弱如匍伏结根的蔓草，以及种种不知名的万类万品，生命是如此仁慈公平。

甚至连没有生命的，也和谐地存在着，土有土的高贵，石有石的尊严，倒地而死无人凭吊的树尸也纵容菌子、蕨草、藓苔和木耳爬得它一身，你不由觉得那树尸竟也是另一种大地，它因容纳异己而在那些小东西身上又青青翠翠地再活了起来。

生命是有充分的余裕的。

在山中，每一种存在的都是适者。

忽然，我听到人声，胡先生来接我了。

“就在那上面，”他指着头上的岩突叫着，“我爸爸打过三只熊！”

我有点生气，怎么不早讲？他大概怕吓着我，其实，我如果事先知道自己走的是一条大黑熊出没的路，一定要兴奋十倍。可惜了！

“熊肉好不好吃？”

“不好吃，太肥了。”他顺手摘了一把野草，又顺手扔了，他对逝去的岁月并不留恋，他真正挂心的是他的车、他的孩子、他计划中的旅馆。

山风跟我说了一天，野水跟我聊了一天，我累了。回来的公路局车上安分地凭窗俯看极深极深的山涧，心里盘算着要到何方借一支长瓢，也许长如勺子星座的长瓢，并且舀起一瓢清清冽冽的泉水。

有人在山跟山之间扯起吊索吊竹子，我有点喜欢做那竹子。

回到复兴，复兴在四山之间，四山在金云的合抱中。

水　程

清晨，我沿复兴山庄旁边的小路往吊桥走去。

吊桥悬在两山之间，不着天，不巴地，不连水——吊桥真美。走吊桥时我简直有一种走索人的快乐，山色在眼，风声在耳，而一身系命于天地间游丝一般铁索间。

多么好！

我下了吊桥，走向渡头，舟子未来，一个农妇在田间浇豌豆，豌豆花是淡紫的，很细致美丽。

打谷机的声音不知从何处传来，我感动着，那是一种现代的舂米之歌。

我要等一条船沿水路带我经阿姆坪到石门，我坐在石头上等着。

乌鸦在山岩上直嘎嘎地叫着，记得有一年在香港碰到王星磊导演的助手，他没头没脑地问我：

“台湾有没有乌鸦？”

他们后来到印度去弄了乌鸦。

我没有想到在山里竟有那么多乌鸦，乌鸦的声音平直低哑，丝毫不婉转流利，它只会简单直接地叫一声：

“嘎——”

但细细品味，倒也有一番直抒胸臆的悲痛，好像要说的太多，怆惶到极点反而只剩一声长噫了！

乌鸦的羽翅纯黑硕大，华贵耀眼。

船来了，但乘客只我一人，船夫定定地坐在船头等人。

我坐在船尾，负责邀和风，邀丽日，邀偶过的一片云影，以及夹岸的绿烟。

没有别人来，那船夫仍坐着。两个小时过去了。

我觉得我邀到的客人已够多了，满船都是，就付足了大伙儿的船资，促他开船。他终于答应了。

山从四面叠过来，一重一重地，简直是绿色的花瓣——不是单瓣的那一种，而是重瓣的那一种——人行水中，忽然就有了花蕊的感觉，那种柔和的、生长着的花蕊，你感到自己的尊严和芬芳，你竟觉得自己就是张横渠所说的可以“为天地立心”的那个人。

不是天地需要我们去为之立心，而是由于天地的仁慈，他俯身将我们抱起，而且刚刚好放在心坎的那个位置上。山水是花，天地是更大的花，我们遂挺然成花蕊。

回首群山，好一块沉实的纸镇，我们会珍惜的，我们会在这纸张上写下属于我们的历史。

后　记

一、常常，我仍想起那座山。

二、冬天，我再去复兴山庄，狠狠地看了一天的梅花。

三、夏天，在一次去台旅行之前，我又去了一次拉拉山，吃了些水蜜桃，以及山壁上倾下来的不花钱的红草莓。夏天比秋天好的是绿苔下长满十字形的小紫花，但夏天游人多些，算来秋天比夏天多了整整一座空山。

东邻种竹，

但他看到的是落地窗外的竹，

而未必见竹影。

西邻有壁，

但他们生活在壁内，

当然也见不到壁上竹影。

我既无竹也无壁，

却是奇景的目击者和见证人。

劫　后

那天早晨大概是被白云照醒的，我想。云影一片接一片地从窗前扬帆而过，带着秋阳的那份特殊的耀眼。

阳光是真的出现了，阳光差不多可以嗅得出来——在那么长久的风雨和阴晦之后。我没有带伞便走了出去，澄碧的天空值得信任。

琉公圳的水退了，两岸的垂柳仍沾惹着黯淡的黑泥，那一夜它们必然曾经浸在泥泞的大水中。还有那些草，不知它们那一夜曾以怎样的荏弱去抗拒怎样的刚强。我只知道——凭着今天的阳光我知道——有一天，柳丝将仍毵毵如金，芳草将仍萋萋胜碧，生命永不会被击倒。

有些孩子，赤着脚在退去的水中嬉玩，手里还捏着刚捉到的泥腥的小鱼。欢乐仍在，游戏仍在，贫困中自足的怡情仍在。

巷子里，巷子外，快活的工人爬在屋顶和墙头上。调水泥的声音，砌砖块的声音，钉木桩的声音，那么协调地响在发亮的秋风里。受创的记忆忽然间变得很遥远，眼前只有音乐——这灾劫之后美丽的重建之声。于是便想起战争，想起使人类恐惧了很久却未出现的战争。忽然觉得并没有什么可怕，如果在那时只剩下一对男女，他们仍将削木为梳，裁叶为衣，并且举火为炊。生活的弦将永不辍断。

局促的瓦屋前，人人将团花的旧被撑在椅子上。微温的阳光下，那俗艳的花朵竟也出奇地动人。今夜，松香的软褥上，将升起许多安恬的梦。今夜将无风，今夜将无雨，今夜是可预料的甜蜜。

街头重新有了拥挤不堪的车辆和人群，车子停滞不前，大家都耐心地等着。灾劫之后，似乎人性变得和善了一些，也不十分在乎这几分钟的耽延了。交通车里，平常不交一言的同事也开始一相问询：

“府上还好吗？”

“还好，没有什么。”

“只进了一尺水。”

“我们家的水已经齐胸了。”

话题很愉快，余痛已不再写在脸上。每个人都高高兴兴地像负了伤仍然自豪的战士，去努力于恢复旧有的秩序。似乎大家都发现能有一张餐桌可供食，有一张干燥的旧床可供憩息是多么美好幸福的事。

菜场里再度熙攘起来，提着篮子的主妇愉快地穿梭着，并且重新有了还价的兴致。我第一次发现满筐的鸡蛋看来竟有那么圆润可爱。那微赤带褐的洛岛红，那晶莹欲穿的来亨，都像是什么战争中赢来的珠宝，被放在显要的位置上炫耀它所代表的胜利——在十一级的风之后，在十二级的水之后。

隔楼的琴声在久久的沉寂后终于响起，那既不成熟又不动听的旋律却令人几乎垂泪。在灾变之后，我忽然关心起那弹琴的小女孩，想她必然也曾惊悸过，哭泣过。而此刻，她的琴声里重新响起稳定而幸福的感觉，像一阕安眠曲，平复了日间的忧伤。

简单的琴声里，我似乎渐渐能看见那些山石下的死者，那些波涛中的生者，一刹那间，他们仿佛都成了我的弟兄。我与那些素未谋面的受难者同受苦难，我与那些饥寒的人一同饥寒。有时候，我甚至能亲切地想到几万年前的古人，在那个落地玻璃被吹破，黑暗中榉木地板上流着雨水的夜里，我便那么确实地感到他们的战栗，以及他们的不屈。我第一次稍稍了解那些在矿灾之后地震之余的手足。我第一次感到他们的眼泪在我的眼眶中流转，我第一次感到他们的悲哀在我的血管中翻腾。

于是学会了为阳光感谢——因为阴晦并非不可能。学会了为平静而索味的日子感谢——因为风暴并非不可能。学会了为粗食淡饭感谢——因为饥饿并非不可能。甚至学会了为一张狰狞的面目感谢——因为有一天，我们中间不知谁便要失去这十分脆弱的肉体。

并且，那么容易地便了解了每一件不如意的事，似乎原来都可以更不如意。而每一件平凡的事，都是出于一种意外的幸运。日光本来并不是我们所应得的。月光也未曾向我们索取过户税。还有那些焕然一天的星斗，那些灼热了四季的玫瑰，都没有服役于我们的义务。只因我们已习惯于它们的存在，竟至于习惯得不再激动，不再觉得活着是一种恩惠，不再存着感戴和敬畏。但在风雨之后，一切都被重新思索，这才忽然惊喜地发现，一年之中竟有那么多美好的日子——每一天，都是一个欢欣的感恩节。

有一天，当许多许多年之后，或许在一个多萤的夏夜，或许在一个炉火半温的冬天黄昏，我们会再提起艾尔西和芙劳西，会提起那交加的风灾雨劫，但我们会欢欣地复述，不以它为祸，只以它为一则奇妙耐听的老故事。

我们将淡忘那些损失，我们不复记忆那些恐惧。我们只将想到那停电的夜中，家人共围着一支小红烛的美好画面。我们将清晰地记起在四方风雨中，紧拥着一个哭泣的孩童，并且使他安然入睡的感觉，那时候那孩子或许已是父亲。我们更将记得灾劫之后的阳光，那样好得无以复加地落在受难者的门楣上。

星　约

一　上一次

是因为期待吗？整个天空竟变得介乎可信赖与不可信赖之间，而我，我介乎悟道的高僧与焦虑的狂徒之际。

七十六年才一次啊！

“运气特别不好！”男孩说，“两千年来，这次哈雷是最不亮的一次！上一次，嘿，上一次它的尾巴拖过半个天空哩！”

男孩十七岁，七十六年后他九十三，下一次，下一次他有幸和他的孩子并肩看星吗，像我们此刻？

至于上一次，男孩，上一次你在哪里，我在哪里，我的母亲又复在哪里？连民国亦尚在胎动。爽飒的鉴湖女侠墓草已长，黄兴的手指尚完好，七十二烈士的头颅尚在担风挑雨的肩上寄存。血在腔中呼啸，剑在壁上狂吟，白衣少年策马行过漠漠大野。那一年，就是那一年啊，彗星当空挥洒，仿佛日月星辰全是定位的镂刻的字模，唯独它，是长空里一气呵成的行草。

那一年，上一次，我们不在，但一一知道。有如一场宴会，我们迟了，没赶上，却见茶气氤氲，席次犹温，一代仁人志士的呼吸如大风盘旋谷中，向我们招呼，我们来迟了，没有看到那一代的风华。但一九一〇我们是知道的，在武昌起义和黄花岗之前的那一年我们是感念而熟知的。

二　初识

还有，最初的那一次（其实怎能说是最初呢，只能说是最初的记载罢了，只能说是不甚认识的初识罢了），这美丽得使人惊惶的天象，正是以美丽的方块字记录的。在秦始皇的年代，“七年，彗星先出于东方，见北方……五月，见西方……”，秦代的资料，是以委婉的小篆体记录的吧？

而那时候，我们在哪里？易水既寒，群书成焚灰，博浪沙的大椎打中副车，黄石老人在桥头等待一位肯为人拾鞋的亢奋少年，伏生正急急地咽下满腹经书，以便将来有朝一日再复缓缓吐出，万里长城开始一尺一尺垒高、垒远……忙乱的年代啊，大悲伤亦大奋发的岁月啊，而那时候，我们在哪里？我们在哪里？

三　有所期

我们在今夜，以及今夜的期待里。以及，因期待而生的焦灼里。

不要有所期有所待，这样，你便不会忧伤。

不要有所系有所思，否则，你便成不赦的囚徒。

不要企图攫取，妄想拥有，除非，你已预先洞悉人世的虚空。

——然而，男孩啊，我们要听取这样的劝告吗？长途役役，我们有如一只罗盘上的指针，因神秘的磁场牵引而不安而颤抖而在每一步颠簸中敏感地寻找自己和整个天地的位置，但世上的磁针有哪一根因这种种劫难而后悔而愿意自决于磁场的骚动呢？

四　咒诅

如果有人告诉我彗星是一场祸殃，我也是相信的。凡美丽的东西，总深具危险性，像生命。奇怪，离童年越远，我越是想起那只青蛙的童话：

有一个王子，不知为什么，受了魔法的诅咒，变成了青蛙。青蛙守在井底，他没有为这大悲痛哭泣，但他却听到了哭泣的声音，那一定来自小悲痛小凄怆吧？大痛是无泪的啊！谁哭呢？一个小女孩，为什么哭呢，为一只失落的球。幸福的小公主啊，他暗自叹息起来，她最响亮的号啕竟只为一只小球吗？于是他为她落井捡球。然后她依照契约做了他的朋友，她让青蛙在餐桌上有一席之地，她给了他关爱和友谊，于是青蛙恢复了王子之身。

——生命是一场受过巫法的大咒诅，注定朽腐，注定死亡，注定扭曲变形——然而我们活了下来，活得像一只井底青蛙，受制于窄窄的空间，受制于匆匆一夏的时间。而他等着，等一份关爱来破此魔法和咒诅。一瞬柔和的眼神已足以破解最凶恶的毒咒啊！

如果哈雷是祸殃，又有什么可悸可怖？我们的生命本身岂不是更大的祸殃吗？然而，然而我们不是一直相信生命是一场充满祝福的诅咒，一枚有着苦蒂的甜瓜，一条布满陷阱的坦途吗？

我不畏惧哈雷，以及它在传述中足以压住人的华灿和美丽。即使美如一场祸殃，我也不会因而畏惧它多于一场生命。

五　暂时

缸里的荷花谢尽，浮萍潜伏，十二月的屋顶寂然，男孩一手拿着电筒，一手拿着星象图，颈子上挂着望远镜。

“哈雷在哪里？”我问。

“你怎么这么‘势利眼’，”男孩居然愤愤地教训起我来，“满天的星星哪一颗不漂亮，你为什么只肯看哈雷？”

淡淡的弦月下，阳台黝黑，男孩身高一米八四，我抬头看他，想起那首《日升日沉》的歌：

> 这就是我一手带大的小女孩吗？
> 这就是那玩游戏的小男孩吗？
> 是什么时候长大的呀？——他们

“看那颗天狼星，冬天的晚上就数它最亮，蓝汪汪的，对不对？它的光等是负一点四，你喜欢了，是不是？没有女人不喜欢天狼，它太像钻石了。”

我在黑夜中窃笑起来，男孩啊——

付这座公寓订金的时候，我曾惴惴然站在此处，揣想在这小小的舞台上，将有我人世怎样的演出？男孩啊，你在这屋子中成形，你在此听第一篇故事念第一首唐诗，而当年伫立痴想的时候，我从来不曾想到你会在此和我谈天狼星！

“蓝光的星是年轻的星，星光发红就老了。”男孩说。

星星也有生老病死啊？星星也有它的情劫和磨难啊？

“一颗流星。”男孩说。

我也看见了，它钢截利落，如钻石划过墨黑的玻璃。

“你许了愿？”

“许了。你呢？”

“没有。”

“怎么解释呢？怎样把话说清楚呢？我仍有愿望，但重重愿望连我自己静坐以思的时候对着自己都说不清楚，又如何对着流星说呢？”

“那是北极星——不过它担任北极星其实也是暂时的。”

“暂时？”

“对，等二十万年以后，就是大熊星来做北极星了，不过二十万年以后大熊星座的组合位置有点改变。”

暂时担任北极星二十万年？我了解自己每次面对星空的悲怆失措甚至微愠了，不公平啊，可是跟谁去争辩，跟谁去抗议？

“别的星星的组合形态也会变吗？”

“会，但是我们只谈那些亮的星，不亮的星通常就是远的星，我们就不管它们了。”

“什么叫亮的？”

“光度总要在一等左右，像猎户星座里最亮的，我们中国人叫它参宿七的那一颗，就是零点一等，织女星更亮，是零度。太阳最亮，是负二十六等……”

六 “光的单位”

奇怪啊，印度人以“克拉”计钻石，愈大的钻石克拉愈多，希腊人以“光等”计星亮，愈亮的星“光等”反而愈少，最后竟至于少成负数了。

“古希腊人为什么这么奇怪呢？为什么他们用这种方法来计算光呢？我

觉得‘光度’好像指‘无我的程度’，‘我执’愈少，光源愈透，‘我’愈强，光愈暗。”

“没有那么复杂吧？只是希腊人就是这样计算的。”

我于是躺在木凳上发愣，希腊人真是不可思议，满天空都成了他们的故事布局，星空于他们竟是一整棚累累下垂的葡萄串，随时可摘可食，连每一粒葡萄晶莹的程度他们也都计算好了。

七　猎户在天

几年前的一个星夜。我们站在各种光等的星星下。

“猎户在天——”我说。

“《诗经》的句子吧？”女友问。

“怎么会，也不想想猎户星座是希腊名词啊！”

她大笑起来，她是被我的句型骗了，何况她是诗人，一向不讲理的，只是最后连我自己也恍惚起来，真的很像《诗经》里的句子呢！

我们有点在装迷糊吗？为什么每看到好东西我们就把它故意误为中国的？

猎户是一组美丽的星，宽宏的肩，长挺的腿，巧饰的腰带和腰带下的腰刀，旁边还有一只野兔呢！然而，这漂亮的猎者是谁呢？是始终在奔驰在追索在欲求的世人吗？不知道啊，但他那样俊朗，把一个形象从古希腊至今维系了三千年，我不禁肃然。

“看到腰带下的小腰刀吗？腰刀是三颗直排的星组成的，中间的那一颗你用望远镜仔细看，是一大团星云，它距离我们只不过一千五百光年而已。”

“一千五百年！是唐朝吗？”

“是南北朝。”

早于秾艳的李义山，早于狂歌的李白、沉郁的杜甫以及凿破大地的隋炀帝。南北朝，南北朝又复为何世呢？对那一整个年代我所记得的只有北魏的石雕，悠悠青石，刻成了清明实在的眉目，今夕的星光就是当年大匠举斧加石的年代出发的，历劫的石像至今犹存其极具硬度的大悲悯，历劫的星光则今夕始来赴我的双目的天池。

猎户星座啊！

八　见与不见

我其实是要看哈雷的，但哈雷不现，我只看到云。我终于对云感到抱歉了——这是不公平的，我渴望哈雷是因它稍纵即逝，然而云呢？云又岂是永恒的？此云曾是彼水，彼水曾是泉曾是溪，曾是河曾是海，曾是花上晓露眼中横波，曾是禾田间的汗水，曾是化碧前的赤血，壮士沙场之际的一杯酒是它，赵州说法时的半杯茶也是它。然而，我竟以为云只是云，我竟以为今日之云同于昨日之云，云不也跟哈雷一样是周而复始吗？迂回往来的吗？我不断地向自己解释，劝自己好好看一朵云，那其间亦自有千古因缘，然而我依旧悲伤且不甘心，为什么这是一片灯网交织的城？且长年有着厚云层。为什么不让我今生今世看见一次哈雷！

“奇怪啊，神话只属于古代，至于我们的年代只有新闻，而且多是报导不实的，为什么？”

黑暗中男孩看我，叹了一口气，他半年前交了一篇历史课的读书报告，题目便是《中国神话的研究》，得分九十五。曾经统御过所有的英雄和巨灵，辉耀了整个日月星辰的神话，此刻已老，并且沦为一个中学生的读书报告。在一个接一个的冬夜里我惋叹跌足，并且生自己的气，气自己被渴望折磨，神话里的夸父就是渴死的，我要小心一点才行。所以悲伤时我总是想哈雷先生（哈雷彗星以他的名字来命名），以及他亦悲亦喜的一生，他在二十六岁那年惊见彗星，此后他用许多年来研究，相信彗星会在自己一百零二岁时再现。看过彗星以后他又活了一甲子，死于八十六岁，像一个放榜前殁世的考生，无从证实自己的成绩。那哈雷死时是怎样想的呢，我猜他的心情正像一个孩子，打算在圣诞夜彻夜不眠，好看到圣诞老公公如何滑下烟囱，放下礼物。然而他困了，撑不住了，兴奋消失，他开始模糊了，心里却是不甘心的，嘴里说着半真半呓的叮咛：

“父亲，等下圣诞老人来的时候，一定要叫我喔！我要摸摸他的胡子！”哈雷说的话想来也类似：

“造物啊，我熬不住了，我要睡了，你帮我看好，好吗？十六年后它会来的，我先睡，你到时候要叫我一声哟！”

生当清平昌大之盛世，结交一时之俊彦如牛顿，能于切磋琢磨中发天地之微，知宇宙之数，哈雷的平生际遇也算幸运了。然而，肉体的贮瓶终于要面临大朽坏的——并不因其间贮注的是大智慧而有异，只是大限来时，他是否有憾呢？

寒星如一片冰心的冬夜，我反复自问：

哈雷生平到底看过彗星重现吗？若说看见了，他事实上在星现前十六年已经死了，若说未见，他却是见的，正如围棋高手早在几小时以前预见胜负，一步步行去的每一着履痕他们都有如亲睹。

大军事家大政治家大科学家都是在不见处先见未明时先明的啊！

那么，我呢？我算不算看过那彗星的人呢？假设有盲者，站在凄凄长夜里，感知天空某一角落有灿然的光体如甩动的火把，算不算看到了呢？如果他倾耳辨听天河淙淙，如果他在安静中若闻哈雷的跳跃，像一只河畔的蚱蜢，蹦去又蹦回，他算不算看到了呢？而我，当我在金牛座昴星团中寻它，当我在白羊和双鱼座中寻它千百度思它千百度，我算不算看到它了呢？在无所视无所听无所触无所嗅的隔离中，我们可以仅仅凭信心念力去承认去体会身在云后的它吗？

九　我已践约

又一颗流星划过天空，天空割裂，但立刻拢合，造物的大诡秘仍然不得窥见。这不知名的星从此化为光尘，也许最后剩一小块陨石，落到地球上，被人捡起，放在陈列室里，像一部写坏了的爱情小说，光华消失，飞腾不见，只留下硬硬的纹理。

夜空有千亩神话万顷传奇，有流星表演的冰上芭蕾——万古乾坤只在此半秒钟演出。以此肉身，以此肉眼来面对他们，这种不公平的对决总使我心情大乱，悲喜无常。哈雷会来吗？原谅我的急躁，我和男孩有缘得窥七十六年一临的奇景吗？如果能，我为此感激，如果不能，让我感激朝朝来临的太阳，月月重圆的月亮，以及至七夕最凄丽的织女，于冬月亦明艳的猎户。我已践约，今夜，以及此生，哈雷也没有失约，但云横雾亘，我不能表示异议。

如果我不曾谢恩，此刻，为茫茫大荒中一小块荷花缸旁的立脚位置，为犹明的双眸，为未熄的渴望，为身旁高大的教我看星的男孩，为能见到的以及未能见到的，为能拥有的以及不能拥有的，为悲为喜，为悟为不悟，为已度的和未度的岁月，我，正式致谢。

一直，我以为浪是水的一种偶然，
一种偶然搅起的激情。
但行到此处，我忽竟发现不然，
应该说水是浪的一种偶然，
平流的水是浪花偶尔憩息时的宁静。

第三部分

记梦

每一件平凡的事，
都是出于一种意外的幸运。

记　梦

啊！我又梦见自己在飞了！

我说“又”，是因为以前常做这种梦，进入中年不知为什么便自动关闭了梦中的飞行系统，变成一架彻彻底底的陆地行脚的机械。

从前那种梦中之飞，倒也不是真飞，而是滑翔。梦中的我只要稍一借力，便立刻可以弹起，每弹起一次可以飘上一百公尺，高度则大约在五层楼上下。

那种梦，我常做，因为太常做了，最后竟有点熟门熟路起来。每次出现这种动作，我竟会偷偷地对自己说，哎，好好享受这一刻吧，这是梦啊！梦中能飞，大约是由于生性浪漫，而一边飞却一边又知道是梦境，大约是由于冷静。冷静的浪漫恐怕不能长久。

果真，后来这种梦便稀少了。人总不能一辈子赖皮做潘彼得吧？我对自己失落的飞翔梦也只好任由之。虽然，满心泰然中总不免夹一丝怅然。

昨天是丙子年的年初二，我彻夜写稿到清晨六时。因为坐在前廊写，一个瞌睡醒来，猛见微明的天光，居然六点了。吓得一跃而起，赶到床上去补一觉。不睡不行，丈夫正住院，嫌医院饭凉，我答应给他送一顿热中餐，现在赶睡三个小时，起来做事才不会迷糊出错。

所以说，我不算是个快乐的女人，至少此刻不是，丈夫在年前一个礼拜生了病。午夜二时半，他忽然叫痛，飞车送到医院，检查出来是肝上长了个脓疡，医生吊起点滴打抗生素，没日没夜地打，除夕和初一各放了六小时的假，准许他回家过年。而我自己，则为挥之不去的关节炎所苦，过年一忙，情况不免加剧，我也懒得理它。

而这不快乐的女人却做了一个快乐的梦，在清晨六时到九时之间。

我梦见自己不知怎么回事，突然便拥有了飞行的能力。我起先还不相信，但试验几次以后便明白了，原来我是会飞的！我并没有长出翅膀来，但飞行原来也并不需要翅膀，你只需将身体一纵，即可入云，必要的时候则划几下手臂以便转弯。

我大半的时间都飞得不高，因为留恋人世吧？我总是一面飞一面看下面的人和景。奇怪的是大部分的人并没有发现头上多了我这个“不明飞行物”，他们的习惯是走路不抬头的。他们只自顾自地活着，但偶然也有一两个人会看见我，也有人为我鼓掌。我有点惭愧，我不配拥有那掌声，因为会飞并不是我努力而获得的，我莫名其妙地拥有了这种超能力，而我也并不知道自己会在哪一刹那又失去这种超能力，既然如此，我就不应该接受掌声。

我有时也飞过高山和海洋，奇怪的是我居然看到海洋里巨大的水母，水母令我着迷，它们那半透明的钟形身体对我而言等于文学和艺术，因为它是半实半虚欲阖还开的（“实”的是历史，“虚”的是鬼扯淡，只有“假作真时真亦假，无为有时有还无”才是文学艺术）。我为那水母的美深深感动了，以至飞离海洋之后，满眼仍是那水母美丽优雅的开阖收放。

我为什么会梦见水母，也许是因为去年九月全家去作了一次阿拉斯加之游。那次旅行的重点是豪华游轮、鲸鱼和冰川。不知为什么回到我梦里的却只剩下那些潋滟波光中神秘的水母。事实上我在阿拉斯加看到的水母只不过大如拳头——婴儿的或成人的拳头，梦中的水母却大如橡木酒桶。原来它们都偷偷长大了，在我的梦里长大的。

飞着飞着，我看见低处有个人，我于是低空掠飞，去和那人说话。那人原来是个白种男人，我向他形容水母的样子，我说：

“你能不能告诉我这个东西的英文字怎么拼法？”

这男人很善良，他抬头用英文对着我大叫起来：

“喂！你疯了吗？你真笨啊！你形容的这种东西我知道，但它的学名我一时也说不上来，就算我知道我也不要告诉你！你要知道，这么简单的事，你一查百科全书就立刻可以知道的。可是，你知道吗？你会飞呀！你真的会飞呀！这是不得了的事呀！我要是跟你一样会飞，我就会一直飞，我就会专心飞，我才不去管它那个字怎么拼法！笨呀！”

我吃他一骂，不禁自惕，赶紧飞开。啊！他说得对，任何一本百科全书都可以告诉我水母怎么拼，但飞行却不是人人都能拥有的权利。

醒来后我果真去查书，原来是Jellyfish“果冻鱼”。我其实是知道这个字的，不知怎的梦里竟忘了。我想我有点猜得出端倪来了，想必我生平对自己的英文程度老觉得有点遗憾，连梦里也在为自己不会某字的拼法而不安。但那人骂得有理，能飞的人则该飞，飞的时候能看到什么则该看，至于字怎么拼，根本是小事一桩，不该成为罣碍。

梦里，我继续飞。忽然，有一棵极美丽的花树出现了，花瓣是白的，五出，叶子则翠碧透明。我一看之下竟不能自持，只得急急飞降下来。但是，要看花，需要高度的飞行技巧，因为在空中停留并不容易，急刹和急转都使人容易坠落尘埃。然而，那花令我落泪，我忍不住冒险盘桓。

对于水母，我至少说得出它的中文名字，面对这花，我却连名字也叫不出。可是我知道我一定见过它，一定的。至于何时何地见过，我也说不上来。但它不是樱，台湾的山樱一般开成尖锥状，不似日本樱花花瓣平舒。只是我的梦中花虽然花瓣平舒，却有绿叶相衬，益见其粉翠互照之美。日本樱盛开时却是不杂一片叶子的。梦中花也不是梨花梅花，梨花梅花比较纤细，这花的直径却有四五公分长，每瓣的宽度也到达二公分。它也不是杏花李花，因为是单瓣。它的花形略近阳明山径上早春开在岩壁上的山茱萸，真真是翡翠珍珠的璧合。然而山茱萸的花只有四瓣，这花却五瓣（山茱萸偶然也作五瓣，不知怎么回事）。并且山茱萸是灌木，我的梦中花却是一株两人高的枝干虬结如怒涛如蛟龙的树。它又有点像西湖湖心小岛上的海棠树，但海棠却作水红胭脂色，不似梦中花的皎白亮洁。

它是谁？我连它的名字都说不上来，它却是令我在梦中堕泪乃至折翼的花树。它没有做什么，它只是开了花，它只是用花发了言，它甚至都还没有开到十分饱满，只是怯怯地试探地开了几枝，就令我目醉神迷，不能自已。

我堕地了，有人跑过来，说：

“喂，学校说，叫你把学生的书本费收好，交上去，你不在，我替你收了，”她塞给我一把零钱，“你自己去交吧！”

我捧了那把烦琐的零钱跑去赶公交车。但是大概久惯飞行，我几乎忘了上车投币的规矩，我胡乱掏了钱，匆匆投下，挤进车厢。那车却好像是香港巴士，两层，我坐在下层，有个坐在我右侧的女孩走来，说：

“我常看你飞呢！你亲我一下好吗？”

她说的是真的，我飞的时候的确常碰到她仰望的目光，我亲了她的颊。

忽然，左边的女孩也叫起来：

“也亲我一下！”

我愣住了，不行，这种事，是可一不可再的，我摇摇头。

“为什么，你亲了她，为什么我就不行？”

我不知道怎么告诉她，一次是可以的，第二次就不好了，我不要成为公众人物，我不要应人要求做反复的动作。她不依，喋喋怨骂，然而，就在这时候我获救了，九点半了，我醒了。

我冲进厨房炖鸡汤，及时把午餐送去医院。

我对这梦好奇，我对自己好奇，所以我照实记录了这梦，而梦大约总是在可解与不可解之间。三四千年前的占卜官，清晨起来，在一片白净的牛的肩胛骨上记载下君王的美梦或噩梦。我手下没有占卜官，只好自己动手来记，以供他日有空闲也有心情的时候，好好研究自己之用。

唉，如果没有那棵美得令人折翼的花树就好了，如果没有那些白纷纷馥郁郁如雪似霰的花瓣就好了，我就可以继续高飞。然而，我好像也并不遗憾，为一棵心事争发的花树而堕落尘埃，我其实是不悔的。

错　误

——中国故事常见的开端

在中国，错误不见得是一件坏事，诗人愁予有首诗，题目就叫《错误》，末段那句“我达达的马蹄是美丽的错误”四十年来像一支名笛，不知被多少嘴唇呜然吹响。

《三国志》里记载周瑜雅擅音律，即使酒后也仍然轻易可以辨出乐工的错误。当时民间有首歌谣唱道“曲有误，周郎顾”，后世诗人多事，故意翻写了两句：“欲使周郎顾，时时误拂弦。”真是无限机趣，描述弹琴的女孩贪看周郎的眉目，故意多弹错几个音，害他频频回首。风流俊赏的周郎哪里料到自己竟中了弹琴素手甜蜜的机关。

在中国，故事里的错误也仿佛是那弹琴女子在略施巧计，是善意而美丽的——想想如果不错它几个音，又焉能赚得你的回眸呢？错误，对中国故事而言有时几乎成为必须了。如果你看到《花田错》《风筝误》或《误入桃源》这样的戏目不要觉得古怪，如果不错它一错，哪来的故事呢！

有位德国戏剧家布莱希特写过一出《高加索灰阑记》，不但取了中国故事做蓝本，学了中国京剧表演方式，到最后，连那判案的法官也十分中国化了。他故意把两起案子误判，反而救了两桩婚姻，真是彻底中式的误打误撞，而自成佳境。

身为一个中国读者或观众，虽然不免训练有素，但在说书人的梨花简嗒然一声敲响或书页已尽正准备掩卷叹息的时候，不免悠悠想起，咦？怎么又来了，怎么一切的情节，都分明从一点点小错误开始？

我们先来说《红楼梦》吧，女娲炼石补天，偏偏炼了三万六千五百零一块。本来三万六千五百是个完整的数目，非常精准正确，可以刚刚补好残天。女娲既是神明，她心里其实是雪亮的，但她存心要让一向正确的自己错它一次，要把一向精明的手段错它一点。“正确”，只应是对工作的要求，“错误”，才是她乐于留给自己的一道难题，她要看看那块多余的石头，究竟会怎么样往返人世，出入虚实，并且历经情劫。

就是这一点点的谬错，于是大荒山无稽崖青埂峰下，便有了一块顽石，而由于有了这块顽石，又牵出了日后的通灵宝玉。

整一部《红楼梦》，原来恰恰只是数学上三万六千五百分之一的差误而滑移出来的轨迹，并且逐步演化出一串荒唐幽渺的情节。世上的错误往往不美丽，而美丽又每每不错误，唯独运气好碰上“美丽的错误”才可以生发出歌哭交感的故事。

《水浒传》楔子里的铸错则和希腊神话《潘多拉的盒子》有些类似，都是禁不住好奇，去窥探人类不该追究的奥秘。

但相较之下，洪太尉“揭封”又比潘多拉“开盒子”复杂得多。他走完了三清堂的右廊尽头，发现了一座奇特神秘的建筑：门缝上交叉贴着十几道封纸，上面高悬着“伏魔之殿”四个字，据说从唐朝以来八九代天师每一代都亲自再贴一层封条，锁孔里还灌了铜汁。洪太尉禁不住引诱，竟打烂了锁，撕了封条，踢倒大门，撞进去掘起石碣，搬走石龟，最后又扛起一丈见方的大青石板，这才看到下面原来是万丈深渊。刹那间，黑烟上腾，散成金光，激射而出。仅此一念之差，他放走了三十六座天罡星和七十二座地煞星，合共一百零八个魔王……

《水浒传》里一百零八个好汉便是这样来的。

那一番莽撞，不意冥冥中竟也暗合天道，早在天师的掐指计算中——中国故事至终总会在混乱无秩里找到秩序。这一百零八个好汉毕竟曾使荒凉的年代有一腔热血，给邪曲的世道一副直心肠。中国的历史当然不该少了尧舜孔孟，但如果不是洪太尉伏魔殿那一搅和，我们就要失掉夜奔的林冲或醉打出山门的鲁智深，想来那也是怪可惜的呢！

洪太尉的胡闹恰似顽童推倒供桌，把袅袅烟雾中的时鲜瓜果散落一地，遂令天界的清供化成人间童子的零食。两相比照，我倒宁可看到洪太尉触犯天机，因为没有错误就没有故事——而没有故事的人生可怎么忍受呢？

一部《镜花缘》又是怎么样的来由？说来也是因为百花仙子犯了一点小小的行政上的错误，因此便有了众位花仙贬入凡尘的情节。犯了错，并且以长长的一生去截补，这其实也正是大部分的人间故事吧！

也许由于是农业社会，我们的故事里充满了对四时以及对风霜雨露的时序的尊重。《西游记》里的那条老龙王为了跟人打赌，故意把下雨的时间延后两小时，把雨量减少三寸零八点，其结果竟是惨遭斩头。不过，龙王是男性，追究起责任来动用的是刑法，未免无情。说起来女性仙子的命运好多了，中国仙界的女权向来相当高涨，除了王母娘娘是仙界的铁娘子以外，众女仙也各司要职。像“百花仙子”，担任的便是最美丽的任务。后来因为访友下棋未归，下达命令的系统弄乱了，众花在雪夜奉人间女皇帝之命提前齐开。这一番“美丽的错误”引致一种中国仙界颇为流行的惩罚方式——贬入凡尘。这种做了人的仙即所谓“谪仙”（李白就曾被人怀疑是这种身份）。好在她们的刑罚与龙王大不相同，否则如果也杀砍百花之头，一片红紫狼藉，岂不伤心！

百花既入凡尘，一个个身世当然不同，她们佻侻美丽，不苟流俗，各自跨步走向属于她们自己的那一番人世历程。

这一段美丽的错误和美丽的罚法都好得令人艳羡称奇！

从比较文学的观点看来，有人以为中国故事里往往缺少叛逆英雄。像宙斯，那样弑父自立的神明，像雅典娜，必须拿斧头砍开父亲脑袋自己才跳得出来的女神，在中国是不作兴有的。就算捣蛋精的哪吒太子，一旦与父亲冲突，也万不敢“叛逆”，他只能“剔骨剜肉”以还父母罢了。中国的故事总是从一件小小的错误开端，诸如多炼了一块石头，失手打了一件琉璃盏，太早揭开坛子上有法力的封口（关公因此早产，并且终生有一张胎儿似的红脸）。不是叛逆，是可以谅解的小过小犯，是失手，是大意，是一时兴起或一时失察。“叛逆”太强烈，那不是中国方式。中国故事只有“错”，而“错”这个字既是“错误”之错也是“交错”之错，交错不是什么严重的事，只是两人或两事交互的作用——在人与人的盘根错节间就算是错也不怎么样。像百花之仙，待历经尘劫回来，依旧是仙，仍旧冰清玉洁馥馥郁郁，仍然像掌理军机令一样准确地依时开花。就算在受刑期间，那也是一场美丽的受罚，她们是人间女儿，兰心蕙质，生当大唐盛世，个个“纵其才而横其艳”，直令千古以下，回首乍望的我忍不住意飞神驰。

年轻，有许多好处，其中最足以傲视人者莫过于“有本钱去错”。年轻人犯错，你总得担待他三分——

有一次，我给学生订了作业，要他们每人念几十首诗，录在录音带上缴来。有的学生念得极好，有的又念又唱，极为精彩，有的却有口无心。苏东坡的“一年好景君须记，正是橙黄橘绿时”，不知怎么回事，有好几个学生念成“一年好景须君记”。我听了，一面摇头莞尔，一面觉得也罢，苏东坡大约也不会太生气。本来的句子是“请你要记得这些好景致”，现在变成了“好景致得要你这种人来记”，这种错法反而更见朋友之间相知相重之情了。好景年年有，但是，得要有好人物来记才行呀！你，就是那可以去记住天地岁华美好面的我的朋友啊！

有时候念错的诗也自有天机欲泄，也自有密码可索，只要你有一颗肯接纳的心。

在中国，那些小小的差误，那些无心的过失，都有如偏离大道以后的岔路。岔路亦自有其可观的风景，“曲径”似乎反而理直气壮地可以“通幽”。错有错着，生命和人世在其严厉的大制约和惨烈的大叛逆之外也何妨采中国式的小差错小谬误或小小的不精确。让岔路可以是另一条大路的起点，容错误是中国式故事里急转直下的美丽情节。

萍与萍之间岂真有聚散，
云与云之际也谈不上分合。
所以有别离者，在于人之有情，
有眷恋，有其不可理喻的依依。

“有没有鬼让你流泪？”

“你最近很爱说鬼，是吗？”

“还好啦，我不是爱谈鬼的人，纪晓岚和蒲松龄才是。我谈鬼，是因为刚好碰上鬼月，一年才十二个月，居然有一整个月要与鬼共舞，真有点烦呢！我因为烦鬼，所以干脆来写它。”

“纪、蒲二人写的鬼如何？”

“他们写太多女鬼，女鬼我没兴趣，她们一般而言是男人理想的性对象。她们冶艳风流，自动投怀送抱，她们多半无父无母无兄无弟，顶多拖着个婢女。她们好像不吃什么也不催男人举行婚礼，真是最佳的‘一夜情对手’。但这批女鬼对我而言一点也没有吸引力——”

“纪晓岚写过一个男鬼，人死了，变成鬼，听说老婆要改嫁，就急得在故宅里跑来跑去，看着婚事一步步进行他焦虑万状，纪晓岚最后的结论如下：

“所以，各位寡妇啊，你们务必乖乖守节，否则死去的那人是多么不甘心啊！”

"奇怪，一个好好的有学问的纪晓岚怎么居然会写这么单面向的道德？天下男人丧偶再娶的比比皆是，怎么不见他为女鬼叫屈呢？女鬼如果看到新人动用她的梳妆台，或打她的孩子，难道不为之气结吗？怎么不见纪晓岚因而呼吁天下男人千万别续弦呢？"

"那位蒲松龄的鬼好像比较有趣？"

"对，老蒲有点像办'鬼务'的人物，就像早年上海广州有些办洋务的人。但我独爱一篇论人鬼之友谊的，那一人一鬼跨越阴阳成为酒友，风清月白之夜，把酒倾谈，何等快活——但那鬼心中却想着要取此人之命，因为他需要一个'替死鬼'好让自己投胎成功。只是他又不忍加害友人，如此竟一再蹉跎。中国大概自古就是一个'人满为患'的国家，要排到'出生卡'竟如此困难。意外死亡的尤其可怜，必须弄死一个人，才能让自己再生，真惨。好在蒲松龄笔下的鬼酒友还算有情有义，而且，后来居然有了好结果，他虽不肯'抓交替'，居然也得到'投胎权'了。

"说了半天，你自己都不喜欢鬼吧？"

"我干吗要喜欢鬼呢？不过却也有个鬼故事让我至今想来还是忍不住要流泪。"

"咦？这件事有点怪，说来听听。"

"这也是我听来的——其实见过鬼的人很少，鬼故事本来就应该是听来的——只是古人都是在夏夜豆棚下，或秋雨敲窗时来听讲述者讲那耸动的情节，我却是在午夜灵异节目上看的。叙述者是个年轻女孩，她说那鬼故事是她爷爷奶奶说的。爷爷奶奶是山东人，二人都是中学校长，带着学生一路跋涉往南行，途中颇折损了一些学生，然后，就闹了鬼，群生惶惶欲死。奶奶，也就是当年的女校长，站出来骂鬼，叫他们别闹了。其实那几个鬼正是她途中病死的学生，那几个学生的答辩词如下：

“校长，对不起，我们害同学吓到了，我们真对不起——但校长，我们一路跟你走，我们并不知道我们已经死了啊！我们以为自己还活着呐！我们还想跟校长你一路南去啊！我们还想跟同学一起翻山越岭啊！我们还自自然然想跟他们一起吃饭一起睡觉啊！我们现在才知道自己已经是鬼了，我们不会再打扰他们了。”

唉，人鬼必须异途吗？看来在乱世，人也是绝情的啊！如果我是那校长，我会说：

“孩子啊，我知道了，好吧，我们一起去台湾，虽然你们已经化成鬼了，但既然是一起出发的同伴，我们就一起往南去吧！”

我会念咒

一

我会念咒，只会一句。

我原来也不知道，是偶然间发现的。一向，咒语都是由谁来念诵呢？故事里是由巫婆或道士来念，他们有时是天生就会，有时是跟人学来的，咒语多半烦难冗长，令人望而生畏。

我会咒语而竟不自知，想来是自己天生会的。

我会的那句咒语很简单，总共只有四个字，连小孩都能立刻学会，那四个字是："我好快乐！"

如果翻成英文，也是四个字："I am so happy!"

二

这样的咒语虽不能让撒出手的豆子变成兵，让纸剪的马儿真的可骑可乘可供驱驰，让钵子里的钱永远掏用不完，或让别人水果摊上的水梨都到我的树枝上来供我之用。

可是，它却有茅山道士的大法力，它可以助我穿墙。什么墙？砖墙？水泥墙？铜墙？铁壁？都不是，而是悲伤之墙，是倦怠之墙，是愤懑怨怒之墙，是遭到割伤烫伤斫伤泼伤之际的自伤之墙，是心灰意冷情摧泪尽的沮丧之墙，是自认为我已心竭力怯万劫不复的绝望之墙……

三

大约是两年前吧？有一天，奔波了一整天，到黄昏时才回家，把车在巷子里停好，车窗尚未关上，我不自觉地大叹了一声：“啊！我好快乐！”

当时车停在公园旁，隔着矮矮的灌木丛，有一个背对我垂头而坐的男人听到我说话，他猛地坐直身子回望我一眼，我这才发现半公尺之外有人听到我最幽微的内心语言。那一眼令我难忘，隔着打开的车窗，我看到那其中有惊吓，在这都市里怎会有一个女人在作如此诡异的宣告？也许也有愤怒，世道如今都成了什么样子了，你还有本事快乐！也许有不可置信，什么？快乐这种东西还存在着吗？也许是悲悯，这女子难道疯了吗？

我当时有点惭愧，然后，我发觉，我爱念这句咒语已经很久了，平常没有人听见，我也不自觉，今天被人发现又被人回头看了一眼，才觉得这句话真有点怪异。

那老男人站起来，在暮色中踽踽离去了。他是被吓到的吗？

四

其实，我很想追上那人，对他说：

老先生，你刚才听到我说的那句话，既是真的，也是掰的。我其实大病初愈，身心俱疲。我其实忧时忧世不认为这颗地球有什么光明的前途。我事实上一想及那些优美深沉馥郁绵恒的传统正遭人像处理病死猪一般泼毒且掩埋，就恨不得放声恸哭，与人一诀……但此刻，我奔波了一天，不管我所恳求的、所呼吁的、所叮嘱的、所反复申诉的被接受了或被拒绝了，上帝啊，毕竟我已尽力了。天黑了，我回家了，我如此渺小，赐我今夕热食热汤，赐我清爽的沐浴，赐我一枕酣睡。

为此，我好快乐。

能尽心竭力，我好快乐。

能为心爱的道统传承来辛苦或受辱，这并不是每一个人可享有的权利，所以，我好快乐。

如果我悲苦，那也是上天看得起我，容许我忍此悲辛荼苦，我为配忍此苦楚而要说一句：

我好快乐。

我好快乐，因为我能说“我好快乐”，这是我的快乐咒，其言有大法力，助我穿墙直行，披靡天涯，虽然也许早已撞得鼻青脸肿，而不自知。

矛盾篇（之一）

一　爱我更多，好吗

爱我更多，好吗？

爱我，不是因为我美好，这世间原有更多比我美好的人。爱我，不是因为我的智慧，这世间自有数不清的智者。爱我，只因为我是我，有一点好有一点坏有一点痴的我，古往今来独一无二的我，爱我，只因为我们相遇。

如果命运注定我们走在同一条路上，碰到同一场雨，并且共遮于同一把伞下，那么，请以更温柔的目光俯视我，以更固执的手握紧我，以更和暖的气息贴近我。

爱我更多，好吗？唯有在爱里，我才知道自己的名字，知道自己的位置，并且惊喜地发现自身的存在。所有的石头只是石头，漠漠然冥顽不化，只有受日月精华的那一块会猛然爆裂，跃出一番欣忭欢悦的生命。

爱我更多，好吗？因为知识使人愚蠢，财富使人贫乏，一切的攫取带来失落，所有的高升令人沉陷，而且，每一项头衔都使我觉得自己的面目更为模糊起来。人生一世如果是日中的赶集，则我的囊橐空空，不是因为我没有财富而是因为我手中的财富太大，它是一块完整而不容割切的金子。我反而无法用它去购置零星的小件，我只能用它孤注一掷来购置一份深情。爱我更多，好让我的囊橐满胀而沉重，好吗？

爱我更多，好吗？因为生命是如此仓促，但如果你肯对我怔怔凝视，则我便是上戏的舞台，在声光中有高潮的演出，在掌声中能从容优雅地谢幕。

我原来没有权利要求你更多的爱，更多的激情，但是你自己把这份权利给了我，你开始爱我，你授我以柄，我才能如此放肆如此任性来要求更多。能在我的怀中注入更多醇醪吗？肯为我的炉火添加更多柴薪否？我是饕餮，我是贪得无厌的，我要整个春山的花香，整个海洋的月光，可以吗？

爱我更多，就算我的要求不合理，你也应允我，好吗？

二　爱我少一点，我请求你

爱我少一点，我请求你。

有一个秘密，不知道该不该告诉你，其实，我爱的并不是你，当我答应你的时候，我真正的意思是：我愿意和你在一起，一起去爱这个世界，一起去爱人世，并且一起去承受生命之杯。

所以，如果在春日的晴空下你肯痴痴地看一株粉色的“寒绯樱”，你已经给了我最美丽的示爱。如果你虔诚地站在池畔看三月雀榕树上的叶苞如何一一骄傲专注地等待某一定时定刻的爆放，我已一世感激不尽。你或许不知道，事实上那棵树就是我啊！在春日里急于释放绿叶的我啊！至于我自己，爱我少一点吧！我请求你。

爱我少一点，因为爱使人痴狂，使人颠倒，使人牵挂，我不忍折磨你。如果你一定要爱我，且爱我如清风来水面，不黏不滞。爱我如黄鸟渡青枝，让飞翔的仍去飞翔，扎根的仍去扎根，让两者在一刹的相逢中自成千古。

爱我少一点，因为“我”并不只住在这一百六十厘米的身高中，并不只容纳于这方趾圆颅内。请到书页中去翻我，那里有缔造我骨血的元素；请到闹市的喧哗纷杂中去寻我，那里有我的哀恸与关怀；并且尝试到送殡的行列里去听我，其间有我的迷惑与哭泣；或者到风最尖啸的山谷，浪最险恶的悬崖，落日最凄艳的草原上去探我，因为那些也正是我的悲怆和叹息。我不只在我里，我在风我在海我在陆地我在星，你必须少爱我一点，才能去爱那藏在大化中的我。等我一旦烟消云散，你才不致猝然失去我，那时，你仍能在蝉的初吟、月的新圆中找到我。

爱我少一点，去爱一首歌好吗？因为那旋律是我；去爱一幅画，因为那流溢的色彩是我；去爱一方印章，我深信那老拙的刻痕是我；去品尝一坛佳酿，因为坛底的醉意是我；去珍惜一幅编织，那其间的纠结是我；去欣赏舞蹈和书法吧——不管是舞者把自己挥洒成行草篆隶，或是寸管把自己飞舞成腾跃旋挫，那其间的狂喜和收敛都是我。

爱我少一点，我请求你，因为你必须留一点柔情去爱你自己。因你爱我，你便不再是你自己，你已是我的一部分，所以，把爱我的爱也分回去爱惜你自己吧！

听我最柔和的请求，爱我少一点，因为春天总是太短太促太来不及，因为有太多的事等着在这一生去完成去偿还，因此，请提防自己，不要爱我太多，我请求你。

矛盾篇（之二）

一　我渴望赢

我渴望赢，有人说人是为胜利而生的，不是吗？

极幼小的时候，大约三岁吧，因为听外婆说一句故乡的成语“吃辣——当家”，就猛吃了几大口辣椒，权力欲之炽，不能说不惊人了。

如果我是英国贵族，大约会热衷养马赛马吧？如果是中国太平时代的乡绅，则不免要跟人斗斗蟋蟀，但我是个在台湾长大的小孩，习惯上只能跟人比功课。小学六年级，深夜，还坐在同学家的饭厅里恶补，补完了，睁开倦眼，摸黑走夜路回家。升学这一仗是不能输的，奇怪的是那么小的年纪，也很诡诈的，往往一面偷偷读书，一面又装出视死如归的气概，仿佛自己全不在乎。

考取北一女中是第一场小赢。

而在家里，其实也是霸气的。有一次大妹执意要母亲给她买两支水彩笔，我大为光火，认为她只需借用我的那支旧笔就可以了，而母亲居然听了她的话去为她买来了。我不动声色，第二天便要求母亲给我买四支。

“为什么要那么多？”

“老师说的！”我绝不改口，其实真正的理由是，我在生气，气妹妹不知节俭，好，要浪费，就大家一起来浪费，你要两支，我就偏要四支，我是不能输给别人的！

母亲果然去买了四支笔，不知为什么，那四支笔仿佛火钳似的，放在书包里几乎要烫着人了。我暗暗立誓，而今而后，不要再为自己去斗气争胜了，斗赢了又如何呢？

有一天，在小妹的书桌前看到一张这样的纸条：

下次考试：

数学要赢 ×××

国文要赢 ×××

英文要赢 ×××

不觉失笑，争强斗胜，一至于此，不但想要夺总冠军，而且想一项一项去赢过别人，多累人啊——然而，妹妹当年活着便是要赢这一场艰苦的仗。

至于我自己，后来果真能淡然吗？有的时候，当隐隐的鼓声扬起，我不觉又执矛挺身，或是写一篇极难写的文章，或是跟“在上位者”争一件事情。争赢求胜的心仍在，但真正想赢过的往往竟是自己，要赢过自己的私心和愚蠢。

有一次，在报上看到英国的特攻队去救出伊朗大使馆里的人质，在几分钟内完成任务大获全胜，而他们的工作箴言却是“Who dares win”（勇敢者胜），我看了，气血翻涌，立刻把它钉在记事板上，天天看一遍。

行年渐长，对一己的荣辱渐渐不以为意了，却像一条龙一样，有其颈项下不可批的逆鳞，我那不可碰不可输的东西是“中国”。不是地理上的那块海棠叶，而是我胸中的这块隐痛：当我俯饮马来西亚马六甲的郑和井，当我行经马尼拉的华人坟场，当我在纽约街头看李鸿章手植的绿树，当我在哈佛校区里抚摸那驮碑的赑屃，当我在韩国的庆州看汉瓦当，在香港的新界看邓围，当我在泰北山头看赤足的孩子凌晨到学校去，赶在上泰国政府规定的泰文课之前先读中文……我所渴望赢回的是故园的形象，是散在全世界有待像拼图一般聚拢来的中国。

有一个名字不容任何人污蔑，有一个话题绝不容别人占上风，有一份旧爱不准他人来置喙。总之，只要听到别人的话锋似乎要触及我的中国了，我会一面谦卑地微笑，一面拔剑以待，只要有一言伤及它，我会立刻挥剑求胜，即使为剑刃所伤亦在所不惜。

上天啊，让我们赢吧！我们是为赢而生的，必要时也可以为赢而死，因此，其他的选择是不存在的，在这唯一的奋争中给我们赢——或者给我们死。

二　我寻求挫败

我一直都在寻求挫败，寻求被征服被震慑被并吞的喜悦。

有人出发去“征山”，我从来不是，而且刚好相反，我爬山，是为了被山征服。有人飞舟，是为了“凌驾”水，而我不是，如果我去亲炙水，我需要的是涓水归川的感觉，是自身的消失，是形体的涣释，精神的冰泮，是自我复归位于零的一次冒险。

记得故事中那个叫“独孤求败”的第一剑侠吗？终其一生，他遇不到一个对手，人间再没有可以挫阻自己的高人，天地间再没有可匹可敌可交锋的力量，真要令人忽忽如狂啊！

生来有一块通灵宝玉的贾宝玉是幸福的，但更大的幸福却发生在他掷玉的刹那。那时，他初遇黛玉，一照面之间，彼此惊为旧识，仿佛已相契了万年。他在惊愕慌乱中竟把一块玉胡乱砸在地上，那种自我的降服和破碎是动人的，是一切真爱情最醇美的倾注。

文学史上也不乏这样的例子，陈师道曾经“一见黄豫章（黄山谷）尽焚其稿而学焉”，一个人能碰见令自己心折首俯的高人，并能一把火烧尽自己的旧作，应该算是一种极幸福的际遇。

《新约》中的先知约翰曾一见耶稣便屈身降志说：“我仅仅是以水为你们施洗礼的，他却以灵为你们施洗礼，我之于他，只能算一声开道的吆喝声！”《红拂传》里的虬髯客一见李靖，便知天下大势已定，乃飘然远引，那使男子为他色沮、女子为他夜奔的大唐盛世的李靖，我多么想见他一眼啊！清朝末年的孙中山也有如此风仪，使四方豪杰甘于俯首授命。人生的悲剧原不在头断血流，在于没有大英雄可为之赴命，没有大理想供其驱驰。

我一直在寻找挫败，人生天地间，还有什么比挫败更快乐的事？就爱情言，其胜利无非是最彻底的“溃不成军”，就旅游言，一旦站在千丘万壑的大峡谷前感到自己渺如蝼蚁，还有什么时候你能如此心甘情愿地卑微下来，享受大化的赫赫天威？又尝记得一次夏夜，卧在沙滩上看满天繁星如雨阵如箭镞，一时几乎惊得昏呆过去，有一种投身在伟大之下的绝望，知道人类永永远远不能去逼近那百万光年之外的光体，这份绝望使我一想起来仍觉兴奋昂扬。试想全宇宙如果都像一个窝囊废一样被我们征服了，日子会多么无趣啊！读圣贤书，其理亦然。看见洞照古今长夜的明灯，听见声彻人世的巨钟，心中自会有一份不期然的惊喜，知道我虽愚鲁，天下人间能人正多。这一番心悦诚服，使我几乎要大声宣告说：“多么好！人间竟有这样的人！我连死的时候都可以安心了！因为有这样优秀的人，有这些美丽的思想！”此外见到特瑞沙在印度，史怀哲在非洲，或是八大石涛在美术馆，或是周鼎宋瓷在博物院，都会兴起一份“我永世不能追摹到这种境界”的激动，这种激动，这种虔诚的服输，是多么难忘的大喜悦。

如果此生还有未了的愿望，那便是不断遇到更令人心折的人，不断探得更勾魂摄魄荡荡可吞人的美景，好让我能更彻底地败溃，更从心底承认自己的卑微和渺小。

爱是蕾，
它必须绽放。
它必须在疼痛的破拆中献出芳香。

矛盾篇（之三）

一　狂喜

仰俯终宇宙，不乐复何如。

曾经看过一部沙漠纪录片，荒旱的沙碛上，因为一阵偶雨，遍地野花猛然争放，错觉里几乎能听到轰然一响，所有的颜色便在一刹间蹿上地面，像什么壕沟里埋伏着的万千勇士奇袭而至。

那一场烂漫真惊人，那时候，你会惊悟到原来颜色也是有欲望，有性格，甚至有语言有欢呼的！

而我自己的生命，不也是这样一番来不及地吐艳吗？细想起来，怎能不生大感激大欢喜，就连气恼郁愤的时候，反身自问，也仍是自庆自喜的，一切烦恼原是从有我而来，从肉身而来，但这一个“我”、这一个“肉身”却也来之不易啊！是神话里的山精水怪桃柳鱼蛇修炼千年以待的呢！即使要修到神仙，也须先做一次人身哩！《新约》中的耶稣，其最动人处便在破体而出舍入尘寰而为人身，仿佛一位父亲俯身于沙堆里，满面黑污地去和小儿女办家家酒。

得到这样的肉身，是所有的动物、植物、矿物仰首以待的，天上神明俯身以就的，得到这样清亮飒爽如黎明新拭的肉身，怎能不大喜若狂呢？

莎士比亚在《第十二夜》里有一段论爱情的话：

> 你要这样想：“求爱得爱固然好，没有求，就给你，更足宝。”

如果以之论生命，也很适用，这一番气息命脉是我们没有祈求就收到的天宠，这一副骨骼筋络是不曾耕耘便有的收获。至于可以辨云识星的明眸，可以听雨闻风的聪耳，可以感春知秋的慧觉，哪一样不如同悬崖上的吊松、野谷里的幽兰，是一项不为而有不豫而成的美丽。

这一切，竟都在我们的无知浑噩中完足了，想来怎能不顶礼动容，一心赞叹！

肉身有它的欲苦，它会饥饿——但连饥饿亦是美好的，没有饥饿感，婴儿会夭折，成人会消殒，而且，大快朵颐的喜悦亦将失落。肉身会疲倦困顿——但世上又岂有什么仙境比梦土更温柔？在那里，一切的乏劳得到憩息，一切的苦烦暂且卸肩，老者又复其童颜，羸者又复其康强，卑微失意的角色，终有其可以昂首阔步的天地。原来连疲倦困顿也是可以击节赞美的设计，可以欢忭踊颂的策划。

肉身会死亡，今日之红粉，竟是明日之髑髅，此刻脑中之才慧，亦无非他年蝼蚁之小宴。然而，此生此世仍是可幸贺的。我甘愿做冬残的槁木，只要曾经是早春如诗如酒的花光，我立誓在成土成泥成尘成烟之余都要洒然一笑。因为活过了，就是一场胜利，就有资格欢呼。

在生命高潮的波峰，享受它。在生命低潮的波谷，忍受它。享受生命，使我感到自己的幸运，忍受生命，使我了解自己的韧度，两者皆令我喜悦不尽。

如果我坚持生命是一场大狂喜会激怒你，请原谅我吧，我是情不自禁啊！

二　大悲

生命中之所以有其大悲，在于别离。

而其实宇宙万象，原不知何物为“别”，“别”是由于人的多事才生出来的。萍与萍之间岂真有聚散，云与云之际也谈不上分合。所以有别离者，在于人之有情，有眷恋，有其不可理喻的依依。

佛家言人生之苦，喜欢谈“怨憎会”“爱别离”，其实，尤其悲哀的应该是后者吧？若使所爱之人能相依，则一切可憎可怨者也就可以原谅。就众生中的我而言，如果常能与所爱之人饮一杯茶，共一盏灯，能知道小女孩在钢琴旁，大儿子在电脑前，并且在电话的那一端有父母的晨昏，在圣诞卡的另一头有弟弟妹妹的他乡岁月，在这个城或那个城里，在山巅，在水涯，在平凡的公寓里住着我亲爱的朋友们。只要他们不弃我而去，我会无限度地忍耐不堪忍耐的，我会原谅一切可憎可怨的人，我会有无限宽广的心。

然而，所谓“怨憎会”与“爱别离”其实也可以指人际以外的环境和状况吧？那曾与你亲密相依的密实黑发，终有一日要弃你而去，反是你所怨憎的白发或童秃来与你垂老的头颅相聚啊！你所爱的颊边的蔷薇，眼中的黑晶，终将物化，我们被强迫穿上那件可怨可憎的松垮得不成款式的制服——我指的是那坍垮下来的皮肤。并且用一双蒙眬的老花眼去看这变形的世界。告别那灵巧的敏慧的曾经完成许多创造的手，去接受颤抖的不听命的十指。整个垂老的过程岂不就是告别那一个自己曾惊喜爱赏的自己吗？岂不就是不明不白强迫你接受一个明镜中陌生的怨憎的与我格格不入的印象吗？

而尤其悲伤的是告别深爱的血中的傲啸、脑中的敏捷，以及心底的感应，反跟自己所怨憎的沉浊、麻木和迟钝相聚了。这种不甘心的分别与无奈的相聚恐怕不下于怨偶的纠结以及情人的远隔吧，世间之真大悲便该是这一类吧？

死是另一种告别，不仅仅是告别这世上恋栈过的目光，相依过的肩膀，爱抚过的婴颊——死所要告别的还要更多更多。从此以后，我那不足道的对人生的感知全都不算数了，后世之人谁会来管你第一次牙牙学语说出一个完整句子所引起的惊动和兴奋，谁又会在意你第一次约会前夕的窃喜，至于某个老人垂死之前跟一条狗的感情，谁又耐烦去记忆呢？每一个人自己个人惊天动地的内在狂涛，在后人看来不过是旋生旋灭的泡沫而已。活着的人要把自己的琐事记住尚且不易，谁又会留意作古之人的悲欢呢？死就是一番彻底的大告别啊，跟人跟事，跟一身之内的最亲最深的记忆。宗教世界虽也谈永生和来生，但毕竟一切都告一段落，民间信仰中的来生是要先涉过忘川的，一切从此便告一了断。基督教的天堂又偏是没有眼泪的地方——可是眼泪尽管苦涩，属于眼泪的记忆却也是我不忍相舍的啊！生命中最尖锐的疼痛，最无言的苍凉，最疯狂的郁怒，我是一样也舍不得忘记的啊！此外曾经有过的勇往无悔的深情，披沙拣金的知识，以及电光石火的顿悟，当然更是栈栈不忍遽舍的！一只鹭鸶不会预知自己必死的命运，不会有晚景的自伤，更不会为自己体悟出的捉鱼本领要与自身一同消失而怅怅，人类才是那唯一能感知

"怨憎会"和"爱别离"之苦的生物啊，只因我们才有爱憎分明的知觉，才有此心历历的判然。

人生的大悲在斤斤于离别之苦，而离别之苦种因于知识，弃圣绝智却又偏是众生做不到的，没有告别彩笔以前的江淹曾写下"黯然销魂者唯别而已矣"，等彩笔绮思一旦被索还，是不是就不必销魂了呢？我是宁可胸中有此大悲凉的，一旦连悲激也平伏消失，岂不更是另一番尤为彻骨的悲酸？

有求不应和未求已应

一

香港有间庙，叫黄大仙，香火一向鼎盛，原因很简单，据说此庙是“有求必应”的。人生是如此繁难多灾，亟待解决的问题是如此千头万绪，找个“有求必应”的靠山来仰仗一下，事情便过关了，这样的黄大仙怎能不受欢迎呢？

黄大仙一度也随着移民潮去了加拿大，不料水土不服，法力骤减，善男信女，也只能徒呼奈何。

华人似乎有其自设的对神明的检验标准，华人现实，所以规定神明应该乖乖的“有求必应”，他是“超级仆人”，他有义务把我们的梦想一一付诸实现。

二

然而，对我而言，回顾走过的路，如果我有什么可以感谢上苍的，恐怕不在于某些祈祷曾蒙垂听，而是在于某些祈祷始终不蒙成全。

过年了，我们祝福别人“心想事成”。那么，有没有人肯相信“心想事不成”，也可能是一项更大的祝福呢？

年少的时候，一个柔发及肩的女子或一个黑睛凝静的男子，都能令我们目眩神迷、魂不守舍。但那人却始终并没有发现你的那把幽埋在心底深处的熔岩一般的恋火。你祈祷，你哀告，你流泪，你说：

“让那人看见我吧！让那人钟情我吧！”

然而神明不理你，天地也麻木漠然，没有一点同情。你哀婉欲死，事情就这样结束了，可是，二十年后，你又看见那人，那人风华已老，谈吐无趣，那人身旁的配偶也伧俗黯败。你惊讶万分，原来那人并不出色，原来当年上苍不曾俯听你的祈求是一项极为仁慈的安排。你其实另有仙侣，你原来命中注定要跟更好的人生出更好的孩子，你所渴想的虽不曾“心想事成”，但事情却发展得更好，超乎我们的祈求和梦想。

三

还有，你诅咒过人吗？

“去死！去死！早死早干净！”你曾经恶狠狠地这样说过吗？这种诅咒有时矛头也会翻转过来针对自己：

“我巴不得我死掉才好！”

为了表示心意坚决，你说得一字字铮然有声，如铁石相击，并且火花四射。

碰到这种时候，如果有位新上任的笨笨的天使听到了“我的志愿”（这个中学时代常见的作文题目），于是立刻开恩为你成就了。天哪！那么你我周围真不知要枉死多少人了！其中包括老板、上司、总统或部长、行骗的商家、出轨的情人、可恨的竞争对手、讨厌的同事、对你性骚扰的人，以及至亲如兄弟姊妹夫妻子女的人……当然，很可能也包括你我自己。真不敢想象那种横尸遍野的惨相。

好在上帝很懂语意学（Semantics），众天使也多半经验老到，不至让你我的恶心妄念“心想事成”。想来老天使大概常常告诫小天使：

“千万注意哦！如果你听到诅咒人死的祈愿，千万别当真啦！那只代表说话的人自己气疯了。别管他，等等就好了。你如果真照着世人一时的祈望为甲杀乙，为乙杀丙，那么全世界的人不出三天全部都死光光了，这样，我们天使岂不要集体失业了？反正，大家都不免是别人恨之入骨的人。人类成天不是你恨我，便是我恨他，我们天使不必再插一脚。世人虽坏，但也没坏到该全体灭种的程度，所以，就让他们心想事不成好了。”

对，好在“心想事不成”。啊，在我还没有成为纯洁无瑕的圣人之前，在贪念痴迷和愚妄仍是我主要本质的时候，上帝，求你务必不要成全我无知的要求或诅咒吧！

是的，我祈求财富，你不给我，你说，整个城市的人都在俭俭省省、巴巴结结，量入为出，你有什么权利要求锦衣玉食、挥金如土？财富是一种厄运，你会因而从常民的生活中被判出局。你会从此听不懂那些贫苦兄弟姊妹的告白。想想看，你虽不富，但一副不必背着黄金宝囊的肩膀是多么轻省啊！

我祈望绝世的美丽，奇迹并没有发生，你说，如果蜜蜂没有索取金冠，蚂蚁没有祷求珠履，你又何需湖水般的澄目或花瓣似的红唇呢？一双眼，只要读得懂人间疾苦，也就够了吧？两片唇，只要能轻轻吟出自己心爱的古老诗句，也就够了吧？

我向往聪明，我梦想自己是天纵之才，但你背过脸去，对我的陈述不予理会。你说：“孩子，我爱你，我何忍把这么锋刃的利剑给你？你会因而皮破血流，筋断脉绝的。你就用你那一点点小才干去努力、去困顿、去撞头、去验证吧！你在百思不辨、千思不解之余收获的心得，其实反而更能和世人对话。才高八斗之人如万丈瀑布，壮观虽壮观，其下却难于汲水。你就安心做一注小小山泉，涓滴不绝，可鉴可饮，不是也很好吗？”

“可不可以给我一张玫瑰花瓣堆栈的芳香软床？”

“我搞不懂你要那么奇怪的东西来干什么？”你说，“但我会给你甜美如一坛陈年冬蜜的凝定睡眠。”

“赠我红宝石的坠子，让我的颈项因而华美璀璨！”

“偏不！”你说，“但我会让你家南面阳台的蝴蝶兰今年春天开出艳紫的云霞！”

“让我全然健康，无病无痛，这一点，总不算要求过分吧？”

“不！”你说，“我赐你友谊，你和你的朋友会因同病而相怜，且相恤相濡。”

四

美国诗人弗罗斯特曾有一首诗，谈及森林中有两条小路，他选择了一条，却不免好奇，如果踏上的是另一条路呢？会有更迷人的风景吗？会有更平坦的地面吗？会有更柔软厚实的落叶吗？会有更响彻云霄的鸟鸣或更为柔和芬芳的清风吗？

啊！我为我自己走过的路感谢，我也为我糊里糊涂踏上的另一条路而感谢。感谢我那些小小的心愿和祈祷，在一路行来之际曾蒙垂听成全，更感谢那些未蒙应允的夙愿。原来“心想事不成”也是好事一桩，原来“有求不应”也大可以另成佳境。原来另一条路有可能是更好的路，虽然是被逼着走上去的。

唐人张谓有句这样的诗：“看花寻径远，听鸟入林迷。”人生的途程不也如此吗？每一条规划好的道路、每一个经纬坐标明确固定的位置，如果依着手册的指示而到达了固然可羡可慕，但那些“未求已应”的恩惠却更令人惊艳。那被嘤嘤鸟鸣所引渡而到达的迷离幻域，那因一朵花的呼唤而误闯的桃源，才是上天更慷慨的福泽的倾注。

曾经，我急于用我的小手向生命的大掌中掏取一粒粒耀眼的珍宝，但珍宝乍然消失，我抓不到我想要的东西。可是，也在这同时，我知道我被那温暖的大手握住了。手里没有东西，只有那双手掌而已，那掌心温暖厚实安妥，是“未求已应”的生命的触握。

天也许无门，
但绘画的手是一双肉质的凿子，
可以凿破一线天机。

唐代最幼小的女诗人

她的名字？哦，不，她没有名字。我在翻全唐诗的时候遇见她，她躲在不起眼的角落，小小一行。

然而，诗人是不需要名字的，《击壤歌》是谁写的，哪有什么重要？“关关雎鸠”的和鸣至今回响，任何学者想为那首诗找作者，都只是徒劳无功罢了。

也许出于编撰者的好习惯，她勉强也有个名字。在全唐诗二千二百个作者群里，她有一个可以辨识的记号，她叫“七岁女子”。

七岁，就会写诗，当然很天才，但这种天才，不止她一个人，有一个叫骆宾王的，也是个小天才，他七岁那年写了一首咏鹅的诗，很传诵一时：

鹅　鹅　鹅
曲项向天歌
白毛浮绿水
红掌拨清波

骆宾王后来名列初唐四杰，算是混出名堂的诗人。但这号称“七岁女子”的女孩，却再没有人提起她，她也没有第二首诗传世。

几年前，我因提倡“小学生读古典诗”，被“国立编译馆”点名为编辑委员，负责编写给小学孩子读的古诗。我既然自己点了火，想脱逃也觉不好意思，只好硬着头皮每周一次去上工。

开编辑会的时候，我坚持要选这个小女孩的诗，其他委员倒也很快就同意了。全唐诗四万八千首，全宋诗更超越此数，中国古典诗白纸黑字印出来的，我粗估也有三十万首以上（幸亏，有些人的诗作亡佚消失了，像宋代的杨万里，他本来一口气便写了两万多首，要是人人像他，并且都不失传，岂不累死后学），在如此丰富的诗歌园林里无论怎样攀折，都轮不到这朵小花吧？

但其他委员之所以同意我，想来也是惊讶疼惜作者的幼慧吧？最近这本书正式出版，我把自己为小孩写的这首诗的赏析录在此处，聊以表示我对一个女子在妻职母职中逝去的天才的哀婉和敬意。

大殿上，武则天女皇帝面向南方而坐，她的衣服华丽，如同垂天的云霞，她的眉眼轻扬，威风凛凛。

远远有个小女孩走进大殿上，她很小，才七岁，大概事先有人教过她，她现在正规规矩矩低着头，小心地往前走去。比起京城一带的小孩，她的皮肤显得黑多了，而且黑里透红，光泽如绸缎，又好像刚才游完泳，才从水里爬上来似的。

女皇帝脸上露出微笑，她想：这个可爱的、来自广东的南方小孩，我倒要来试试她。中国土地这么大，江山如此美丽，每一个遥远的角落里，都可能产生了不起的天才。

“听说你是个小天才呢！那么，吟一首诗，你会不会？我来给你出个题目——‘送兄’，好不好？”

女孩立刻用清楚甜脆的声音吟出她的诗来：

送兄

别路云初起，
离亭叶正飞。
所嗟人异雁，
不作一行归。

翻成白话就是这样：

哥哥啊！
这就是我们要分手的大路了
云彩飞起
路边有供旅人休息送别的凉亭
亭外，是秋叶在飘坠
而我最悲伤叹息的就是
人，为什么不能像天上的大雁呢
大雁哥哥和大雁妹妹总是排得整整齐齐
一同飞回家去的啊！

女皇帝一时有点呆住了，在那么遥远的南方，也有这样出口成章的小小才女，真是难得啊！于是她把小女孩叫到身边来，轻轻握住小女孩的手，仔细看小女孩天真却充满智慧才思的眼睛，她仿佛看到一个活泼的、向前的，而又光华灿烂的盛唐时代即将来临。

我想走进那则笑话里去

围坐喝茶的深夜，听到这样的笑话：

有个茶痴，极讲究喝茶，干脆去住在山高泉冽的地方，他常常浩叹世人不懂品茶。如此，二十年过去了。

有一天，大雪，他瀹水泡茶，茶香满室，门外有个樵夫叩门，说：

“先生啊！可不可以给我一杯茶喝？”

茶痴大喜，没想到饮茶半世，此日竟碰上闻香而来的知音，立刻奉上素瓯香茗，来人连尽三杯，大呼，好极好极，几乎到了感激涕零的程度。

茶痴问来人：

“你说好极，请说说看，这茶好在哪里？”

樵夫一面喝第四杯，一面手舞足蹈：

“太好了，太好了，我刚才快要冻僵了，这茶真好，滚烫滚烫的，一喝下去，人就暖和了。”

因为说的人表演得活灵活现，一桌子的人全笑了，促狭的人立刻现炒现卖，说：

“我们也快喝吧，这茶好吔！滚烫哩！”

我也笑，不过旋即悲伤。

人方少年时，总有些耽溺于美。喝茶，算是生活美学里的一部分。凡有条件可以在喝茶上讲究的人总舍不得不讲究。及至中年，才不免惘然发现，世上还有美以外的东西。

大凡人世中的美，如音乐，如书法，如室内设计，如舞蹈，总要求先天的敏锐加上后天的训练。前者是天分，当然足以傲人，后者是学养，也是可以自豪的。因此，凡具有审美眼光之人，多少都不免骄傲孤慢吧？《红楼梦》里的妙玉已是出家人，独于“美字头上”勘不破，光看她用隔年雨水招待贾母刘姥姥喝茶，喝完了，她竟连“官窑脱胎白盖碗”也不要了——因为嫌那些俗人脏。

黛玉平日虽也是个小心自敛的寄居孤女，但一谈到美，立刻扬眉瞬目，眼中无人，不料一旦碰上妙玉，也只好败下阵来，当时妙玉另备好茶在内室相款，黛玉不该问了一句：

“这也是旧年的雨水？”

妙玉冷笑一声：

“你这么个人，竟是个大俗人，连水也尝不出来！这是五年前我在玄墓蟠香寺住着收的梅花上的雪，统共得了那一鬼脸青的花瓮一瓮，总舍不得吃，埋在地下，今年夏天才开了，我只吃过一回，这是第二回了。你怎么尝不出来？隔年蠲的雨水，哪有这样清浮？如何吃得？”

风雅绝人的黛玉竟也有遭人看作俗物的时候，可见俗与不俗有时也有点像才与不才，是个比较上的问题。

笑话里的俗人樵夫也许可笑，——但焉知那“茶痴”碰到“超级茶痴”的时候，会不会也遭人贬为俗物？

为了不遭人看为俗气，一定有人累得半死吧！美学其实严酷冷峻，间不容发。其无情处真不下于苛官厉鬼。

日本的十六世纪有位出身寒微的木下藤吉郎，一度改名羽柴秀吉，后来因为军功成为霸主，赐姓丰臣，便是后世熟知的丰臣秀吉。他位极人臣之余很想立刻风雅起来，于是拜了禅僧千利休学茶道。一切作业演练都分毫不差，可是千利休却认为他全然不上道。一日，丰臣秀吉穿过千利休的茶庵小门，见墙上插花一枝，赶紧跑到师父面前，巴巴地说了一句看似开悟的话：

“我懂了！”

千利休笑而不答——唉！我怀疑这千利休根本是故布陷阱。见到花而大叫一声“我懂了”的徒弟，自以为因而可以去领“风雅证书”了，却是全然不解风情的。我猜千利休当时的微笑极阴险也极残酷。不久之后，丰臣就借故把千利休杀了，我敢说千利休临刑之际也在偷笑，笑自己有先见之明，早就看出丰臣秀吉不能身列风雅之辈。

丰臣秀吉大概太累了，“风雅”两字令他疲于奔命，原来世上还有些东西比打仗还辛苦。不如把千利休杀了，从此一了百了。

相较之下，还是刘姥姥豁达，喝了妙玉的茶，她竟敢大大方方地说：

“好虽好，就是淡了些。”

众人要笑，由他去笑，人只要自己承认自己蠢俗，神经不知可以少绷断多少根。

那一夜，在众人的哄笑声中，我真想走到那则笑话里去，我想站在那茶痴面前，他正为樵夫的一句话气得跺脚，我大声劝他说：“别气了，茶有茶香，茶也有茶温，这人只要你的茶温不要你的茶香，这也没什么呀！深山大雪，有人因你的一盏茶而免于僵冻，你也该满足了。是这人来——虽然是俗人——你才有机会可以得到布施的福气，你也大可以望天谢恩了。”

怀不世之绝技，目高于顶，不肯在凡夫俗子身上浪费一丝一毫美，当然也没什么不对。但肯起身为风雪中行来的人奉一杯热茶，看着对方由僵冷而舒活起来，岂不更为感人——只是，前者的境界是绝美的艺术，后者大约便是近乎宗教的悲悯淑世之情了。

事情总是这样的，

轻的东西总能飘得高一点，

而悲哀拽住我，

有重量的物体总是注定下沉的。

第四部分

春水初泮的身体

茫茫人间，短短身世，
真正值得渴想思慕的，
无非是这般蒙上天祝福的身体啊！

步下红毯之后

妹妹被放下来，扶好，站在院子里的泥地上，她的小脚肥肥白白的，站不稳。她大概才一岁吧，我已经四岁了！

妈妈把菜刀拿出来，对准妹妹两脚中间那块泥，认真而且用力地砍下去。

“做什么？”我大声问。

“小孩子不懂事！”妈妈很神秘地收好刀，“外婆说的，这样小孩子才学得会走路，你小时候我也给你砍过。”

“为什么要砍？”

“小孩生出来，脚上都有脚镣锁着，所以不会走路，砍断了才走得成路。”

“我没有看见，”我不服气地说，“脚镣在哪里？”

“脚镣是有的，外婆说的，你看不见就是了。”

“现在断了没有？”

“断了，现在砍断了，妹妹就要会走路了。”

妹妹后来当然是会走路了，而且，我渐渐长大，终于也知道妹妹会走路跟砍脚镣没有什么关系，但不知为什么，那遥远的画面竟那样清楚兀立，使我感动。

也许脚镣手铐是真有的，做人总是冲，总是顿破什么，反正不是我们壮硕自己去撑破镣铐，就是让那残忍的钢圈箍入我们的皮肉！

是暮春还是初夏也记不清了，我到文星出版社的楼上去，萧先生把一份契约书给我。

“很好，”他说，他看来高大、精细、能干，“读你的东西，让我想到小时候念的冰心和泰戈尔。”

我惊讶得快要跳起来，冰心和泰戈尔？这是我熟得要命，爱得要命的呀！他怎么会知道？我简直觉得是一份知遇之恩，《地毯的那一端》就这样卖断了，扣掉税我只拿到两千多元，但也不觉得吃了亏。

我兴冲冲地去找朋友调色样，我要了紫色，那时候我新婚，家里的布置全是紫色，窗帘是紫的，床罩是紫的，窗棂上爬藤花是紫的，那紫色漫溢到书页上，一段似梦的岁月，那是个漂亮的阳光日，我送色样到出版社去，路上碰到三毛，她也是去送色样，她是为朋友的书调色，调的草绿色，出书真是件兴奋的事，我们愉快地将生命中的一抹色彩交给了那即将问世的小册子。

“我们那时候一齐出书，”有一次康芸薇说，“文星宣传得好大呀，放大照都挂出来了。”

那事我倒忘了，经她一提，想想好像真有那么回事，奇怪的是我不怎么记得照片的事，我记得的是我常常下了班，巴巴地跑到出版社楼上，请他们给我看新书发售的情形。

“谁的书比较好卖？”其实书已卖断，销路如何跟我已经没有关系。

“你的跟叶珊的。”店员翻册子给我看。

我拿过册子仔细看，想知道到底是叶珊卖得多，还是我——我说不上那是痴还是幼稚，那时候成天都为莫名其妙的事发急发愁，年轻大概就是那样。

那年十月，幼狮文艺的未桥寄了一张庆典观礼券给我，我丈夫也有一张票，我们的座位不同区，相约散会的时候在体育场门口见面。

我穿了一身洋红套装，那天的阳光辉丽，天空一片艳蓝，我的位置很好，运动会的表演很精彩，想看的又近在咫尺，而丈夫，在场中的某个位子上，我们会后会相约而归，一切正完美晶莹，饱满无憾。

但是，忽然，我的泪水夺眶而出，我想起了南京……

不是地理上的南京，是诗里的，词里的，魂梦里的，母亲的乡音里的南京（母亲不是南京人，但在南京读中学）。依稀记得那名字，玄武湖、明孝陵、鸡鸣寺、夫子庙、秦淮河……

不，不要想那些名字，那不公平，中年人都不乡愁了，你才这么年轻，乡愁不该交给你来愁，你看表演吧，你是被邀请来看表演的，看吧！很好的位子呢！不要流泪，你没看见大家都好好的吗！你为什么流泪呢？你真的还太年轻，你身上穿的仍是做新娘子的嫁服，你是幸福的，你有你小小的家，每天黄昏，拉下紫幔等那人回来，生活里有小小的气恼、小小的得意、小小的凄伤和甜蜜，日子这样不就很好了吗？

不要碰故园之思，它太强，不要让三江五岳来撞击你，不要念赤县神州的名字，你受不了的，真的，日子过得很好，把泪逼回去，你不能开始，你不能开始，你不能开始，你一开始就不能收回……

我坐着，无效地告诫着自己，从金门来的火种在会场里点着了，赤膊的汉子在表演蛙人操，仪队的枪托冷凝如紫电，特别是看台上面的大红柱子，直辣辣地逼到眼前来，我无法遏抑地想着中山陵，那仰向苍天的阶石，中国人的哭墙，我们何时才能将发烫的额头抵上那神圣的冰凉，我们将一步一稽额地登上雾锁云埋的最高岭……

会散了，我挨蹭到门口，他在那里等我，我们一起回家。

“你怎么了？”走了好一段路，他忍不住问我。

“不，不要问我。”

“你不舒服吗？”

“没有。”

“那，”他着急起来，“是我惹了你？”

“没有，没有，都不是——你不要问我，求求你不要问我，一句话都不要跟我讲，至少今天别跟我讲……”

他诧异地望着我，惊奇中却有谅解，近午的阳光照在宽阔坦荡的敦化北路上，我们一言不发地回到那紫色小巢。

他真的没有再干扰我，我恍恍惚惚地开始整理自己，我渐渐明白有一些什么根深蒂固的东西一直潜藏在我自己也不甚知道的渊深之处，是淑女式的教育所不能掩盖的，是传统中文系的文字训诂和诗词歌赋所不能磨平的，那极蛮横极狂野极热极不可挡的什么，那种“欲饱史笔有脂髓，血作金汤骨作垒，凭将一腔热肝肠，烈作三江沸腾水”的情怀……

我想起极幼小的时候，就和父亲别离，那时家里有两把长刀，是抗战胜利时分到的，鲨鱼皮，古色古香，算是身无长物的父亲唯一贵重的东西，母亲带着我和更小的妹妹到台湾，父亲不走，只送我们到江边，他说：

“那把刀你带着，这把，我带着，他年能见面当然好，不然，总有一把会在。”

那样的情节，那样一句一铜钉的对话，竟然不是小说而是实情！

父亲最后翻云南边境的野人山而归，长刀丢了，唯一带回来的是他之身。

不是在圣人书里，不是在线装的教训里，我了解了家国之思，我了解了那份渴望上下拥抱五千年，纵横把臂八亿人的激情，它在那里，它一直在那里……

随便抓了一张纸，就在那空白的背面，用的是一支铅笔，我开始写《十月的阳光》：

> 那些气球都飘走了，总有好几百个罢？在透明的蓝空里浮泛着成堆的彩色，人们全都欢呼起来，仿佛自己也分沾了那份平步青云的幸运——事情总是这样的，轻的东西总能飘得高一点，而悲哀拽住我，有重量的物体总是注定下沉的。
>
> 体育场很灿烂，闪耀着晚秋的阳光，这时下月，辛亥革命的故事远了。西风里悲壮的往事远了……中山陵上的落叶已深，我们的手臂因渴望一个扫墓的动作而酸痛。
>
> 我忽然明白，写《地毯的那一端》的时代远了，我知道我更该写的是什么，闺阁是美丽的，但我有更重的剑要佩、更长的路要走。

《十月的阳光》后来得了奖，奖金一千元，之后我又得过许多奖，许多奖金、奖座、奖牌，领奖时又总有盛会，可是只有那一次，是我真正激动的一次，朱桥告诉我，评审委员读着，竟哭了。

我不能永远披着白纱，踏着花瓣，走向红毯尽处的他，当我们携手走下红毯，迎人而来的是风是雨，是风雨声中恻恻的哀鸣。

——但无论如何，我已举步上路。

春水初泮的身体

——观云门《水月》演出

朋友的朋友，是个杰出的蒙古族年轻学者。有一次，有人赞美蒙古族人能歌善舞，他愤然，说：

“哼！请问什么人才跳舞给别人看？你看过皇帝跳舞给别人看的吗？”

言下之意，当权者都是看人跳舞的——而跳舞给人看的，其实都是倒霉的弱势人。

我闻此言，乍然愣住，不知该说什么。他显然对自己的民族有悲情，有悲情的人你大概很难跟他争辩。

上天选中的“特权分子”

可是，从那次以后，每逢舞蹈演出，我都睁大眼睛，因为我急于知道，那些舞者——或者说，那些跳舞给别人看的人——是不是弱势的次等人。于是，我看藏人之舞，我看白族之舞，我看巴厘岛之舞，我看平剧昆剧中的舞动系列，我看芭蕾，我看马莎葛兰姆，我看云门……，当然，其中有些是录像带，有时也读杜甫《公孙大娘舞剑》的诗，我试图去碰撞世间一个一个舞者，想知道拥有那样身体的人，是怎样的身世？

如果，让我遇见那愤懑的蒙古族年轻学者，我想，我终于有一个结论可以奉告了：

“不！朋友，我想，你说得不对，在世间芸芸众生中，唯舞者的身体是一副‘被祝福的身体’！它们颤动如花，凋零如花，然而却仍是蒙上天深深祝福的身体。也许，他们只是跳舞给人看的人——给皇帝看，或者给市井小民看——但能跳舞的人显然是幸福的，他是上天选中的‘特权分子’，他的酬劳便是得到一副‘被祝福的身体’！”

是的，这蒙受祝福的身体：

它柔定，若静悬的丝巾，复强悍如大野的朔风。

它延展，如千里相思不绝。它凝缩，如万重不肯说破的忧愁。它扬升，如晓日之腾云。它垂坠，如乍然中箭的鸿鹄。

它恒动，它亦恒静。

它稚拙天真，柔弱而不事设防。它机敏诈谲，变化诡幻，如魑魅魍魉。

啊！世间怎会有这样的身体！令人惊艳，令人嗟叹。

有人慕财、有人慕德、有人慕权、有人慕才。但茫茫人间，短短身世，真正值得渴想思慕的，无非是这般蒙上天祝福的身体啊！

天神住在舞者的四肢和呼吸里

上古“巫”“舞”不分，舞者的身体一向被视为诡奇的，有神灵相附的。

与其说，神明住在神圣华美的殿堂里，不如说，天神更爱住在舞者的四肢和呼吸里。

去看云门的新舞《水月》，坐下来的时候，忽然觉得岁岁年年，自己已在舞集的幕前整整守了二十五年了。而此刻，舞者如晨光中的白荷，缓缓展开自己，只是展开，再无其他。于是我们忽然觉得那些激情的故事或迭起的情节都是前世的事了。连早期舞码里那些鹰扬的人物、亮眼的道具，也一并从记忆里消失。所有的视线，今夕都全然回归到舞者的身体上。

许久以来，我们已习惯把身体定位为“固态”的。但今晚，舞者却令它恢复为“液态”。“固态”是胶着的、缰滞的，如崔嵬冰岩。但此刻冰岩消融，如春水之初泮，并且澌澌然流布四方。

啊！那汩汩而流的身体。那哗哗然如小河按歌的身体。那圆柔无憾的身体。那喜悦无求的身体。那自在任性的身体。那纯净了然的身体。

如果说，人体有百分之七十的成分是水，则舞者体内的水必是轻吻着海沙的潮汐，是生态丰富的沼泽，是暗夜中静静自坠的泪滴，是深情眷眷的欲雨湿云，是喜悦的眼波，是一捧老茶盏上袅袅漫起的烟气。

仿佛婴儿，一无所有，却自有其赤子柔弱而又一无畏惧的身体。被神所祝福，被人所赞叹。

啊！为这美丽柔和的身体，我愿意再守候二十五年。

物我之间，
清净无事。

不朽的失眠

——写给没考好的考生

他落榜了！一千二百年前。榜纸那么大那么长，然而，就是没有他的名字。啊！竟单单容不下他的名字，“张继”那两个字。

考中的人，姓名一笔一画写在榜单上，天下皆知。奇怪的是，在他的感觉里，考不上，才更是天下皆知，这件事，令他羞惭沮丧。

离开京城吧！议好了价，他踏上小舟。本来预期的情节不是这样的，本来也许有插花游街、马蹄轻疾的风流，有衣锦还乡、袍笏加身的荣耀。然而，寒窗十年，虽有他的悬梁刺股，琼林宴上，却并没有他的一角席次。

船行似风。

江枫如火，在岸上举着冷冷的烛焰，这天黄昏，船，来到了苏州。但，这美丽的古城，对张继而言，也无非是另一个触动愁情的地方。

如果说白天有什么该做的事，对一个读书人而言，就是读书吧！夜晚呢？夜晚该睡觉以便养足精神第二天再读。然而，今夜是一个忧伤的夜晚。今夜，在异乡，在江畔，在秋冷雁高的季节，容许一个落魄的士子放肆他的忧伤。江水，可以无限度地收纳古往今来一切不顺遂之人的泪水。

这样的夜晚，残酷地坐着，亲自听自己的心正被什么东西啮食而一分一分消失的声音。并且眼睁睁地看自己的生命如劲风中的残灯，所有的力气都花在抗拒，油快尽了，微火每一刹那都可能熄灭。然而，可恨的是，终其一生，它都不曾华美灿烂过啊！

江水睡了，船睡了，船家睡了，岸上的人也睡了。唯有他，张继，醒着，夜愈深，愈清醒，清醒如败叶落余的枯树，似梁燕飞去的空巢。

起先，是睡眠排拒了他（也罢，这半生，不是处处都遭排拒吗？）而后，是他在赌气，好，无眠就无眠，长夜独醒，就干脆彻底来为自己验伤，有何不可？

月亮西斜了，一副意兴阑珊的样子。有鸟啼，粗嗄嘶哑，是乌鸦。那月亮被它一声声叫得更黯淡了。江岸上，想已霜结千草。夜空里，星子亦如清霜，一粒粒冷绝凄绝。

在鬓角在眉梢，他感觉，似乎也森然生凉，那阴阴不怀好意的凉气啊，正等待凝成早秋的霜花，来贴缀他惨绿少年的容颜。

江上渔火二三，他们在干什么？在捕鱼吧？或者，虾？他们也会有撒空网的时候吗？世路艰辛啊！即使潇洒的捕鱼人，也不免投身在风波里吧？

然而，能辛苦工作，也是一项幸福呢！今夜，月自光其光，霜自冷其冷，安心的人在安眠，工作的人去工作。只有我张继，是天不管地不收的一个，是既没有权利去工作，也没福气去睡眠的一个……

钟声响了，这奇怪的深夜的寒山寺钟声。一般寺庙，都是暮鼓晨钟，寒山寺却敲“夜半钟”，用以警世。钟声贴着水面传来，在别人，那声音只是睡梦中模糊的衬底音乐。在他，却一记一记都撞击在心坎上，正中要害。钟声那么美丽，但钟自己到底是痛还是不痛呢？

既然无眠，他推枕而起，摸黑写下“枫桥夜泊”四字。然后，就把其余二十八个字照抄下来。我说“照抄”，是因为那二十八个字在他心底已像白墙上的黑字一样分明凸显：

月落乌啼霜满天，
江枫渔火对愁眠。
姑苏城外寒山寺，
夜半钟声到客船。

感谢上苍，如果没有落第的张继，诗的历史上便少了一首好诗，我们的某一种心情，就没有人来为我们一语道破。

一千二百年过去了，那张长长的榜单上（就是张继挤不进的那纸金榜）曾经出现过的状元是谁？哈！谁管他是谁？真正被记得的名字是“落第者张继”。有人曾记得那一届状元披红游街的盛景吗？不！我们只记得秋夜的客船上那个失意的人，以及他那场不朽的失眠。

只被允许的二夜情

如果你正年轻。

如果你出发去旅行，只身，在风和日丽的四月天。然后，夜来了，你打开卧具，也许连卧具也没有，你便芳草以为褥，曲肱以为枕，沉沉睡在一株树下。在倦极卧地和酣然入眠之间，你发现原来头上的树实在是一棵很美丽的树，而树上的天空则尤其美丽。

树的美丽在于它的翠盖像一面筛子。天上的星星已经够细粒了，树却努力把星光筛得更细，仿若极绵幼的白糖霜，落在你黑黝黝的梦之咖啡里。

树的美丽又在于它的芬芳，它的枝枝叶叶都恍如隐身暗夜的情人，你看不到他，却气息分明。古希腊神话中的赛克公主和邱彼得之间的恋情，便是如此吧？

如果，年轻的你清晨醒来，你便在那一带城镇间游走、休憩。黄昏，你再次回到树下，冥想、惊奇，像一切的旅行者，并且倦极盹去。

如果，你再度醒来，如果你再度起身去满城漫步，这一切是可允许的。

可允许的？被谁？被佛戒。有这么一条怪戒律吗？有的，不过，那不被允许的又是什么呢？不被允许的是，你不可以在第三夜仍回到这棵同样的树下，因为，这样你就会沉迷耽溺，习惯于它的荫庇安详。你只准有二夜情，和那棵树。这说法记载在哪里？记在《四十二章经》里，原文如下：

> 沙门受道法者，日中一食、树下一宿。慎莫再矣。所云浮屠，不三宿桑下，即不再宿树下之谓，此谓沙门办道宜精进，不可爱安逸也。

南朝范晔写《后汉书·襄楷传》时也用了这个典故：

> 浮屠不三宿桑下，不欲久生恩爱，精之至也。

这本《后汉书》，后来有位李贤为它作注（李贤为唐朝高宗的第六子，也就是章怀太子，却因遭疑被母后武则天赐死），注上说：

> 言浮屠之人寄桑下者，不经三宿便即移去，示无爱恋之心也。

后来的文人，爱用这个典故的人不少，其中比较向佛的白居易用得最多，如：

> 分袂二年劳梦寐，并床三宿话平生。（《答微之咏怀见寄》）
> 秋雨经三宿，无人劝一杯。（《雨中访崔十八》）

下面的句子也分别承袭了这份哀愁，如：

桑下岂无三宿恋，樽前聊与一身归。（宋·苏轼《别黄州》）

结习尚余三宿恋，残年多负半生闲。（金·元好问《望崧少》之一）

握手遂成三宿恋，论心那觉十年迟。（元·黄溍《次韵答蒋春卿诗》）

我欲更除三宿恋，就公新治乞《坛经》。（清·姚鼐《答孙补山中丞见怀》之二）

空桑三宿犹生恋，何况三年吟绪？（清·龚自珍《摸鱼儿》）

比较令我惊讶的是，连姚惜抱先生这种古板的桐城派老将也有这种悽惶的情怀。

回看我自己，我的平生几乎都是一连串的耽溺：我耽书、耽文学、耽美。耽一则婚姻已四十多年，住的房子也住了四十一年，教书至今竟四十六年，我根本无法和二宿就掉首而去的旅人相比。而凡耽溺者，大概都会受到一种咒诅，这咒诅便是你会生痴恋之心，在不得不告别之际，会伤心欲狂。

有位聪明干练的教授，他却有个极敏悟多情的小儿子，小儿不过刚会说话，见家中来了送瓦斯的工人他便极欢悦，待工人五分钟后走人，他便号啕大哭。

他也许预知，此生此世，茫茫人海，这张面孔竟再也不会重现了。此人可能不久后改业，也许虽未改业，但下次瓦斯却不轮他送，而或者不幸，此人也会遭险巇，或者，小儿自己搬了家……总之，五分钟因缘，以后——我们并不知道以后，小儿哭得有理！

唉，如果你不想学小儿痛哭，我倒有个“赖皮法”相授，你可以告诉自己，不妨，人生迅疾如飞箭，三十年不过是一宿，我目前的一切耽溺沉迷，其实都还属于被允许的“二宿之限”呢！

肉体有千万种受难的形态

我因事去找一位医生，那天我自己并不看病，便坐在诊疗室里等他看完最后几个病人。

进来一个六十岁左右的妇人。

“哪里不舒服？”医生不怒自威。

妇人蹙着眉，诉起苦来：

“早上起来，这膀子呀，说不出的不舒服——”

医生捏捏她的肩臂。

“痛不痛？”

“不痛。”

“酸不酸？”

“不酸。”

“又不痛，又不酸——那你来看什么？”

“我——”妇人一时语塞。

我听得发急。这医生并不是坏人，但他的词汇怎么就这么贫乏呢？难道人的身体不会发生酸痛以外的不舒服吗？

我忍不住插嘴：

“是不是，僵——？”

妇人高兴起来：

“啊，对，就是‘僵’！早上起来，整个膀子都‘僵’！”

医生低头去画了些字，大概在开药吧？我不好意思再多说什么，我当时心中其实很想多叮咛他几句，我想说：

“医生啊！你知道你在干什么吗？你在‘医’人啊！

“而‘人’又是个多么复杂精致的生物，这种生物不是每一个都能把自己整顿出条理来的，不是每一个都能把自己分析得头头是道的。他们是迷乱的、颠倒的、词不达意的，他们并不确实知道自己在干些什么。他们到医院来，他们是前来求救的，然而他们说不清楚——生命里巨大的事物谁又说得清楚？

“在这一桩桩病情申诉里面，充满肉体无辜的冤情，医生有时也是法官吧？某妻子的肺癌是一部她丈夫的抽烟史；某老父的十二指肠溃疡是缘于独子的一场车祸。他们来看病，其实也是来看他们生命里的悲情，诊疗室有如神父据守的神龛，可以听尽天下苍生的谶词和申诉。

“因此，医生啊！能否让自己的语言再精致一点，再丰富一点，再准确一点，再推敲仔细一点——要知道，你和病人共同形容的，是一具活生生的生命啊！”

在既不酸，又不痛之外，医生啊！肉体还有千万种受难的形态都等待申诉呢！

送　行

——给赵宁老友

一

人都会死，你是人，所以你也会死——这道理如此简单明了，可是我想来想去，偏偏就是不能把你和“死”字放在一起。

吊者满堂，你却不在。你藏身于满案刻意布置的香花里，用一个小钵盛装。那曾经昂藏的篮球员的身架，何竟此刻在一把劫火之后，化作这小小一撮灰烬，安静凝止。

想起最后一次同席吃饭，已是十年前的事了，而且既不是我请你，也不是你请我，而是已经作古的刘侠请我们。刘侠的身体病成那样，却不忘随时跟朋友聚一聚，乐一乐。刘侠走后，我们竟只通过电话。如果早知道你会力瘁先走，无论如何也要找机会来叙一叙——可是，能“早知道”，那岂不等于神仙？“千金难买早知道”，这是多么好的一句话啊！

会场里悬着照片，算是玉树临风的好照片啊！就是放在魏晋人物里也不输风采，何况古人或拘谨或放诞，却不太懂幽默自嘲，不及你的器宇。

但是你却执意移民，前往遥远的国度，留下妻子和幼小的儿女，想起这些，怎能不恸！

二

说起移民，倒想起一则跟你有关的小趣事——唉，在丧礼上，我都会强迫自己想些故人趣事，否则，失去朋友的悲伤和怨怒要怎么承受呢？

有一次，你陪朋友去办纽西兰移民，朋友要填表格，要被询问，你等得不耐烦，就在一旁画起漫画来了。不意移民官巡过来，看了一眼，忽然说：

“你是漫画家呀！——纽西兰需要漫画家，你来移民纽西兰吧！”

这移民官是谁？我不知道，但真是个厉害角色！才看一分钟，他居然就下手挖角。你朋友的案件还迟迟挂在那里未决，他却当机立断给了你移民证件——好在你也只是随缘接受一份好意，并不打算跑去遥远的南半球。

可是，这一次，不知又是哪个多事的移民官，看上你的某项长才，于是自作主张，把你强携而去。

三

“哀荣”两字令人咀嚼低回，不知如何解析。

身后，有人有哀荣，有人没有。但对作古的人而言，有哀荣和没哀荣有差别吗？死而无知，有哀荣何益？死而有知，还会在乎哀荣吗？——当我们不再在乎春花的繁盛零落或秋月的阴晴盈虚，谁会管那些哀荣不哀荣呢？

如果可能，朋友啊，我愿以今朝灵堂上的万分哀荣，换取你平日燕居时的一声朗笑。然而，这又如何可得呢？

四

有人以锦袋捧着你一生焚余的情灰，走向基隆某一佛刹，基隆，是你一九四九年初履这块岛屿的地方吧！

我只送你到此，这灵堂的门口，下午还有下午要做的事。痛归痛，人世还有人世的扰攘，例如抢救国文，例如九八课纲。球场风云万变，教练没叫我们下场前（赵宁爱打篮球），我们还得尽心一搏。

历史或者是由一个一个的英雄豪杰叠成的，
但岁月，岁月对我而言是花和花的禅让所缔造的。

重读一封前世的信

做编辑的，催起人来，几乎令人可以想见未来某一日死神来催命的情势。当然，往好处想，我今日既有本事死皮赖脸抵御编辑相催，他日，也许就不怎么怕死神的凌逼了。

我平日因疏懒成性，文债渐积渐多，只是，债多不愁，反正能躲则躲，能赖则赖，实在躲不掉也赖不掉的，就先应付一下。最近的债主是某报，人家要项目介绍我，不向我找数据又跟谁要数据呢？我很想哀告一声，说：

“喂，关于张晓风的数据，未必我张晓风就是权威呀！谁规定我该研究我自己？收集我自己？谁说我该提供有关张晓风的资料？我又不是给张晓风管资料的。”

如果要我在这世上找出少数几件我没什么大兴趣的事，“研究张晓风”一定会是其中的一项。想想，世上好玩的事有多么多呀！值得去留意一下的事有千桩万桩哩！譬如说：可以拿来做意大利面的特别小麦叫“杜兰小麦”，只有“杜兰”可以构成那迷人的韧劲。而且，意大利文有句“阿尔甸特”，意思便专指那份切切的嚼头。又譬如说马来人过新年的时候，晚辈跪拜父母，说“敏达玛阿夫”(minta maaf)，意思是“请饶恕我过去一年得罪你的地方”(啊，我多么希望普天下的人过新年的时候都互道这句话，它比“新年快乐”要有意思得多了)。又譬如台湾有种开在冬天的白色兰花叫“阿妈兰”(即祖母兰)，开得天长地久，总也不谢，让人几乎以为它是永恒的。而开在春天的小朵紫色兰花却叫“小男孩”，一副顽皮又闯荡的样子。还有初夏时节，紫霞满树，危耸耸开遍洛杉矶和南美洲的那种“美死了人不偿命”的花树有个绕口的名字叫“夹卡润达”(JACARANDA)，中文有个文绉绉的翻译叫“蓝花楹”……世上“杂学”无限，叫张晓风去搬弄张晓风的资料，一方面是无趣，一方面也是胜之不武吧？

但人家在催，我也只好去找。“找自己”是件蛮累的事，而且往往并无收获。倒是有一天木匠阿陈来修衣橱，抖出一包信，我正打算拿去丢掉，不料却发现那泛黄的纸页上有一片熟悉的笔迹。凑近一看，几乎昏倒。天哪！那是朱桥的信啊！朱桥死了有三十年了吧？他曾经是多么优秀的一个编辑啊！而他是自杀死的，“自杀”在当年是个邪恶的不干净的字眼。他所服务的单位（幼狮系统）大概因而非常不以为然，所以他连身后该有的哀荣也没有捞到。丧礼上的亲属只有他的老姨妈，她用江北口音有腔有调地哭数着：

“朱家骏呀！你妈把你交给了我带来台湾呀！叫我以后回去怎么向你妈交代呀！”

过一会儿，想起来，她又补唱几句：

“你的志向高呀，平常的女孩子你都不要呀！至今还没成家呀！”

我非常惊讶，因为老姨妈似乎在用哭腔哭调告诉众亲朋好友：

“对于他的死，我是无罪的。不要以为我不照顾他，他没有成婚，他眼界高，他看上的女孩子人家看不上他，他的婚姻不是我耽误的……”

三十年后我才逐渐了解晚期的朱桥其实是在精神耗弱的状态下，产生了极度的“沮丧”。这事如果发生在今天，医生会认为这只不过是极平常的“忧郁症”，每天早晨吃一颗“百忧解”也就过去了。可怜当年的朱桥虽一度皈依佛门，却仍然二度自杀，似乎下定必死的决心。

曾经，为了催稿，他在作者家中整夜苦苦守候。曾经，他自掏腰包预付某些作者的稿费。他曾经把《幼狮文艺》办得多么叫好又叫座啊！

此刻，这封三十三年前来自编者案头的信竟忽焉出现在我眼底，令我惊悚流泪。是前世的信吗？真的有点像，古人是以三十年为一世的。虽然，所谓的三十年，其实，也只像一瞬。

那时代穷，还没有发明什么用五万十万的巨额奖金去鼓励文学青年的事（文学青年一概皆靠编者的信来加以鼓励）。一九六六年，我参加了奖金千元的“学艺竞赛”，并且得了奖。我当时二十五岁，翌年，我获得中山文艺奖（奖金五万元），以后又曾获得十万的或四十万的奖金——奇怪的是，我最最难忘的却是这奖额千元的奖，只因评审会中有人因我的文章而哭泣。那泪水，胜过千万金银。

台湾刚解严的那阵子，有外国电视记者来访问，他提出的问题是：

“尚未解严的时候，你的写作是不是很不自由？”

我说：

“不，我一向都是自由的，我想写什么就写什么——问题是编辑，看他敢不敢登而已。”

一九六六年，我写了《十月的哭泣》，算是当时威权能忍受的极限吧？而朱桥在《幼狮》上刊登此文，其实也冒着掼掉总编头衔的危险吧？我当时少不更事，哪里知道自己痛快驰文之际，竟会害别人要赌上自己的前程。当今之世，肯为作者而一掷前程的编者又有几人呢？

朱桥的那封信是这样写的：

晓风小姐：

我愿意向你致最大的敬意，当我读完《十月的哭泣》之后，正和你含着泪写一样，我也含着泪读。今天，我给魏子云先生看，他比我更为激动，他不竟（仅）是热泪盈眶，而且他说要找一座山痛哭一场。

尼采说，“余最爱读以血泪写成的作品”，惟有以真诚的情感，才能打动人，特别是在我们今天处于这个惨痛的悲剧时代，本着这份感知，就我一个平凡的人而言，多少年的清晨与长夜，我都是为着一点爱国热忱，贡献了我能贡献的。就我编《幼狮文艺》后，虽然不如理想，但也看得出这份努力的心意。对于当前文坛上那些享受虚名与渔利之徒，时常令我齿冷，目前风气所趋，也是徒唤奈何的，因此，我对你抱着“那个题材不感动你的，而不遽尔下笔”是非常对的，希望你保持这份难得的态度。

学艺竞赛收稿已截止，就我观察而言，你的大作“获奖”是绝无问题的了。你信中说，你在情绪激动之下完成此作，有些小地方需要斟酌，我和魏子云先生研究很久，略为改动几处几个字，同时把题目拟改为《十月的阳光》。我们也知道，一字不改最好，因为你已用得很妥切了。为了免得被一些肤浅之辈断章取义，还是略加更改的为好，虽然，我们的刊物政治立场鲜明，但比任何民营报刊更不八股，别人不敢刊登的，我们反而敢刊登，我们敢刊登的别人亦未见得敢刊登，所以，改动数字几乎是必须的，尚请卓裁！

我非常快慰，能获得大作参加学艺竞赛，谢谢您给我们这篇好文章！敬祝大安

朱桥 一九六六年十月十七日

以今天的标准来看，那篇文章只不过大胆真实，并没有什么忤逆之处。但是事隔几年，当齐邦媛教授和余光中教授两人要把该文选入某文选的时候，两人也彼此作壮语道：

“管他的，杀头就杀头，选是一定要选的。”

我很庆幸，齐余两人的大好头颅都安全无恙。而我，其实我并没有做什么坏事，我只不过在三十三年前的十月庆典上哭泣，当局一向要的是三呼万岁——而我却哭泣，不料竟引动众人与我一同哭泣……

啊！三十三年前，那曾是一个怎样的时代啊！

我曾于两年前为隐地的书写序，其中有段论述是这样写的：

曾经听一位老作家用十分羡慕的口吻说起现代年轻一辈的作者：

“我觉得他们真了不起，他们又聪明又有学问，又有文笔。他们以后的成就一定不得了——不像我们当年，没有科班出身，只好瞎摸！”

我反驳说：

“也不见得，这一代，他们的确比较精明干练，但要说文学上的成就，那又是另一回事了。”

“怎么说呢？”

“文学这东西，”我说，“太聪明的人根本碰不得，聪明人就会分心，就会旁骛。老一辈的作者，文学对他们而言就好像风雪暗夜荒原行路人手中所拿的那根小火炬，因为风大，你只好用手护着火苗——而护得急了，连手都差点烧烂。但你不能不好好护着它，因为在群狼当道的原野中，一旦火熄了，你就完了。那火炬成了你的唯一，你忍着手心的疼痛，抵死护好那小小的窜动的火苗。

“现在的作者不是，写作是他众多本领中的一项，他靠此吃饭，或者不靠此吃饭，他表演，他享受掌声和金钱，他游走，他回来，他在排行榜上。他翻阅这个月的新书，他的心不痛，从来不痛，因为他是个快乐的书写作业员。

“而老一辈的作者，他们手中捧着火苗前行，那火苗便是文学。那烫得人手心灼痛欲焦的文学。你忍受，只因在茫茫荒郊、漫漫长夜，风雪相侵，生死交扣的时刻，舍此之外，你一无所有。

“相较之下，今日的文学是众多消费品中的一项，是琳琅市场上和肥皂和电池和冰箱除臭剂和洋芋片和保险套一起贩卖的东西。一旦退货，立刻变成纸浆。

“现代的作者也许更有才华，但文学女神要的祭品却是你的痴狂和忠贞。”

我今天重读三十三年前一个编辑、一个文学人对年轻作者的殷殷期许，内心惶愧交煎。所有的生者对死者其实都欠着一副担子，因为死者谢世之际，无形中等于说了一句：

“担子，该由你们来挑了。”

当年曾经受人祝福，受人包容，受人期许的我，此刻，总该像地心的融雪之泉，为自己流经的土地而喷珠溅玉吧？

我真的肯做一个乐人之乐、苦人之苦，因别人的伤口而流血、因远方的哭声而倾泪的人吗？手中捏着前世的信，我逼问我自己。

念你们的名字

孩子们，这是八月初的一个早晨，美国南部的阳光舒迟而透明，流溢着一种让久经忧患的人鼻酸的、古老而宁静的幸福。助教把期待已久的发榜名单寄来给我，一百二十个动人的名字，我逐一地念着，忍不住覆手在你们的名字上，为你们祈祷。

在你们未来漫长的七年医学教育中，我只教授你们八个学分的国文，但是，我渴望能教你们如何做一个人——以及如何做一个中国人。

我愿意再说一次，我爱你们的名字，名字是天下父母满怀热望的刻痕，在万千中国文字中，他们所找到的是一两个最美丽最醇厚的字眼——世间每一个名字都是一篇简短质朴的祈祷！

“林逸文”“唐高骏”“周建圣”“陈震寰”，你们的父母多么期望你们是一个出类拔萃的孩子。“黄自强”“林进德”“蔡笃义”，多少伟大的企盼在你们身上。“张鸿仁”“黄仁辉”“高泽仁”“陈宗仁”“叶宏仁”“洪仁政”，说明了儒家传统的对仁德的向往。“邵国宁”“王为邦”“李建忠”“陈泽浩”“江建中”，显然你们的父母曾把你们奉献给苦难的中国。“陈怡苍”“蔡宗哲”“王世尧”“吴景农”“陆恺”，含蕴着一个古老圆融的理想。我常惊讶，为什么世人不能虔诚地细味另一个人的名字？为什么我们不懂得恭敬地省察自己的名字？每一个名字，不论雅俗，都自有它的哲学和爱心。如果我们能用细腻的领悟力去叫别人的名字，我们便能学会更多的互敬和互爱，这世界也可以因此而更美好。

这些日子以来，也许你们的名字已成为乡梓邻里间一个幸运的符号，许多名望和财富的预期已模模糊糊和你们的名字联在一起，许多人用钦慕的眼光望着你们，一方无形的匾已悬在你们的眉际。有一天，“医生”会成为你们的第二个名字，但是，孩子们，什么是医生呢？一件比常人更白的衣服？一笔比平民更饱涨的月入？一个响亮荣耀的名字？孩子们，在你们不必讳言的快乐里，抬眼望望你们未来的路吧！

什么是医生呢？孩子们，当一个生命在温湿柔韧的子宫中悄然成形时，你，是第一个宣布这神圣事实的人。当那蛮横的小东西在尝试转动时，你是第一个窥得他在另一个世界的心跳的人。当他陡然冲入这世界，是你的双掌，接住那华丽的初啼。是你，用许多防疫针把成为正常的权利给了婴孩。是你，辛苦地拉动一个初生儿的船纤，让他开始自己的初航。当小孩半夜发烧的时候，你是那些母亲理直气壮打电话的对象。一个外科医生常像周公旦一样，是一个在简单的午餐中三次放下食物走入急救室的人。有的时候，也许你只须为病人擦一点红汞水，开几颗阿司匹林，但也有时候，你必须为病人切开肌肤，拉开肋骨，拨开肺叶，将手术刀伸入一颗深藏在胸腔中的鲜红心脏。你甚至有的时候必须忍受眼看血癌吞噬一个稚嫩无辜的孩童而束手无策的裂心之痛！一个出名的学者来见你的时候，可能只是一个脾气暴烈的牙痛病人。一个成功的企业家来见你的时候，可能只是一个气结的哮喘病人。一个伟大的政治家来见你的时候，也许什么都不是，他只剩下一口气，拖着一个中风后的瘫痪的身体。挂号室里美丽的女明星，或者只是一个长期失眠的、神经衰弱的、有自杀倾向的患者——你陪同病人经过生命中最黯淡的时刻，你倾听垂死者最后的一次呼吸，探察他最后的一槌心跳。你开列出生证明书，你在死亡证明书上签字，你的脸写在婴儿初闪的瞳仁中，也写在垂死者最后的凝望里。你陪同人类走过生、老、病、死，你扮演的是一个怎样的角色啊！一个真正的医生怎能不是一个圣者。

事实上，作为一个医者的过程正是一个苦行僧的过程，你需要学多少东西才能免于自己的无知，你要保持怎样的荣誉心才能免于自己的无行，你要几度犹豫才能狠下心拿起解剖刀切开第一具尸体，你要怎样自省，才能在千万个病人之后免于职业性的冷静和无情。在成为一个医治者之前，第一个需要被医治的，应该是我们自己。在一切的给予之前，让我们先成为一个“拥有”的人。

孩子们，我愿意把那则古老的“神农氏尝百草”的神话再说一遍，《淮南子》上说：“古者民茹草饮水，采树木之实，食蠃蛖之肉，时多疾病毒伤之害，于是神农氏乃始教民播种五谷，尝百草之滋味，水泉之甘苦，令民知所辟就，当此之时，一日而遇七十毒。”

神话是无稽的，但令人动容的是一个行医者的投入精神，以及那种人饥己饥、人溺己溺、人病己病的同情。身为一个现代的医生当然不必一天中毒七十余次，但贴近别人的痛苦，体谅别人的忧伤，以一个单纯的“人”的身份，恻然地探看另一个身罹疾病的“人”仍是可贵的。

记得那个“悬壶济世”的故事吗？“市中有老翁卖药，悬一壶于肆头，及市罢，辄跳入壶中，市人莫之见。”——那老人的药事实上应该解释成他自己。孩子们，这世界上不缺乏专家，不缺乏权威，缺乏的是一个“人”，一个肯把自己给出去的人。当你们帮助别人时，请记得医药是有时而穷的，唯有不竭的爱能照亮一个受苦的灵魂。古老的医术中不可缺的是“探脉”，我深信那样简单的动作里蕴藏着一些神秘的象征意义，你们能否想象用一个医生敏感的指尖去探触另一个人的脉搏的神圣画面。

因此，孩子们，让我们怵然自惕，让我们清醒地推开别人加给我们的金冠，而选择长程的劳瘁。诚如耶稣基督所说：“非以役人，乃役于人。”真正伟人的双手并不浸在甜美的花汁中，它们常忙于处理一片恶臭的脓血。真正伟人的双目并不凝望最翠拔的高峰，它们低俯下来察看一个卑微的贫民的病容。孩子们，让别人去享受“人上人”的荣耀，我只祈求你们善尽“人中人”的天职。

我曾认识一个年轻人，多年后我在纽约遇见他，他开过计程车，做过跑堂，以及各式各样的生存手段——他仍在认真地念社会学，而且还在办杂志。一别数年，恍如隔世，但最安慰的是当我们一起走过曼哈顿的市声，他无愧地说：“我还抱持着我当年那一点对人的关怀，对人的好奇，对人的执着。”其实，不管我们研究什么，可贵的仍是那一点点对人的诚意。我们可以用赞叹的手臂拥抱一千条银河，但当那灿烂的光流贴近我们的前胸，其中最动人的音乐仍是一分钟七十二响的雄浑坚实如祭鼓的人类的心跳！孩子们，尽管人类制造了许多邪恶，人体还是天真的、可尊敬的奥秘的神迹。生命是壮丽的、强悍的，一个医生不是生命的创造者——他只是协助生命神迹保持其本然秩序的人。孩子们，请记住你们每一天所遇见的不仅是人的“病”，也是病的“人”，人的眼泪、人的微笑、人的故事，孩子们，这是怎样的权利！

作为一个国文老师，我所能给你们的东西是有限的。几年前，曾有一天清晨，我走进教室，那天要上的课是《诗经》。我捏着那古老的诗册，望着台下而哽咽了，眼前所能看见的是二十世纪的烽烟，而课程的进度却要我去讲三千年前的诗篇，诗中有的是水草浮动的清溪，是杨柳依依的水湄，是鹿鸣呦呦的草原，是温柔敦厚的民情。我站在台上，望着台下激动的眼神，仍然决定讲下去。那美丽的四言诗是一种永恒，我告诉那些孩子们有一种东西比权力更强，比疆土更强，那是文化——只要国文尚在，则中国尚在，我们仍有安身立命之所。孩子们，选择做一个中国人吧！你们曾由于命运生为一个中国人，但现在，让我们以年轻的、自由的肩膀，选择担起这份中国人的轭。但愿你所医治的，不仅是一个病人的沉疴，而是整个中国的羸弱。但愿你们所缝补的不仅是一个病人的伤痕，而是整个中国的痈疽。孩子们，所有的良医都是良相——正如所有的良相都是良医。

长窗外是软碧的草茵，孩子们，你们的名字浮在我心中，我浮在四壁书香里，书浮在黯红色的古老图书馆里，图书馆浮在无际的紫色花浪间，这是一个美丽的校园。客中的岁月看尽异国的异景，我所缅怀的仍是台北三月的杜鹃。孩子们，我们不曾有一个古老幽美的校园，我们的校园等待你们的足迹使之成为美丽。

孩子们，求全能者以广大的天心包覆你们，让你们懂得用爱心去托住别人。求造物主给你们内在的丰富，让你们懂得如何去分给别人。某些医生永远只能收到医疗费，我愿你们收到的更多——我愿你们收到别人的感念。

念你们的名字，在乡心隐动的清晨。我知道有一天将有别人念你们的名字，在一片黄沙飞扬的乡村小路上，或是曲折迂回的荒山野岭间，将有人以祈祷的嘴唇，默念你们的名字。

一双眼，

只要读得懂人间疾苦，也就够了吧。

两片唇，

只要能轻轻吟出自己心爱的古老诗句，也就够了吧。

每一个人自己个人惊天动地的内在狂涛，
在后人看来不过是旋生旋灭的泡沫而已。

鼻子底下就是路

走下地下铁，只见中环车站人潮汹涌，是名副其实的“潮”，一波复一波，一涛叠一涛。在世界各大城的地下铁里，香港开始得晚，反而后来居上，做得非常壮观利落。但车站也的确大，搞不好明明要走出去的却偏偏会走回来。

我站住，盘算一番，要去找个人来问话。虽然满车站都是人，但我问路自有我精挑细选的原则：

第一，此人必须慈眉善目，犯不上问路问上凶神恶煞。

第二，此人走路速度必须不徐不疾，走得太快的人，你一句话没说完，他已窜到十米外去了，问了等于白问。

第三，如果能碰到一对夫妇或情侣最好，一方面“一箭双雕”，两个人里面至少总有一个会知道你要问的路，另一方面大城市里的孤身女子甚至孤身男子都相当自危，陌生人上来搭话，难免让人害怕，一对人就自然而然地胆子大多了。

第四，偶然能向慧黠自信的女孩问上话也不错，她们偶或一时兴起，也会陪我走上一段路的。

第五，站在路边做等人状的年轻人千万别去问，他们的一颗心早因为对方的迟到急得沸腾起来，哪里有情绪理你，他和你说话之际，一分神说不定就和对方错开了，那怎么可以！

今天运气不错，那两个边说边笑、衣着清爽的年轻女孩看起来就很理想，我于是赶上前去，问：

“毋该垒（不该你，即‘对不起’之意），‘德辅道中’顶航（顶是‘怎’的意思，航是‘行走’的意思）？”我用的是新学的广东话。

“啊！果边航（这边行）就得了（就可以了）！”

两人还把我送到正确的出口处，指了方向，甚至还问我是不是台湾来的，才道了再见。

其实，我皮包里是有一份地图的，但我喜欢问路，地图太现代感了，我不习惯，我仍然喜欢旧小说里的行路人，跨马来到三岔路口，跳下马唱声喏，向路边下棋的老者问道：

“老伯，此去柳家庄悦来客栈打哪里走？约莫还有多远脚程？”

老者抬头，骑者一脸英气逼人，老者为他指了路，无限可能的情节在读者面前展开……我爱的是这种问路，问路几乎是我碰到机会就要发作的怪癖，原因很简单，我喜欢问路。

至于我为什么喜欢问路，则和外婆有很大的关系。外婆不识字，且又早逝，我对她的记忆多半是片段的，例如她喜欢自己捻棉成线，工具是一根筷子和一枚制钱，但她令我最心折的一点却是从母亲处听来的：

“小时候，你外婆常支使我们去跑腿，叫我们到××路去办事，我从小胆小，就说：‘妈妈，那条路在哪里？我不会走啊！’你外婆脾气坏，立刻骂起来：‘不认路，不认路，你真没用，路——鼻子底下就是路。’我听不懂，说：‘妈妈，鼻子底下哪有路呀？’后来才明白，原来你外婆是说鼻子底下就是嘴，有嘴就能问路！”

我从那一霎立刻迷上我的外婆，包括她的漂亮，她的不识字的智慧，她把长工短工田产地产管得井井有条的精力以及她蛮横的坏脾气。

由于外婆的一句话，我总是告诉自己，何必去走冤枉路呢？宁可一路走一路问，宁可在别人的恩惠和善意中立身，宁可像赖皮的小幺儿去仰仗哥哥姐姐的威风。渐渐地才发现能去问路也是一种权利，是立志不做圣贤不做先知的人的最幸福的权利。

每次，我所问到的，岂止是一条路的方向，难道不也是冷漠的都市人的一颗犹温的心吗？而另一方面，在人生的版图上，我不自量力，叩前贤以求大音，所要问的，不也是可渡的津口、可行的阡陌吗？

每一次，我在陌生的城里问路，每一次我接受陌生人的指点和微笑，我都会想起外婆，谁也不是一出世就藏有一张地图的人，天涯的道路也无非边走边问，一路问出来的啊！

从你美丽的流域

推着车子从闸口出来，才发觉行李有多重，不该逞能，应该叫丈夫来接的。

一抬头，熟悉的笑容迎面而来，我一时简直吓一跳，觉得自己是呼风唤雨的魔术家，心念一动，幻梦顿然成真。

“不是说，叫你别来接我吗？”看到人，我又嘴硬了。

“你叫我别来的时候，我心里已经决定要来了，答应你不来只是为了让你惊喜嘛！”

我没说话，两人一起推着车子走，仿佛举足处可以踏尽天涯。

“孙越说，他想来接你。”

“接什么接，七十分钟的飞机，去演一个讲就回来了，要接什么？”

“孙越有事找你，可是，他说，想想我们十天不见了，还是让我们单独见面好，他不要夹在中间。”我笑起来，看不出孙越还如此细腻呢！

“他找我有什么事？”

“他想发起个捐血运动，找你帮忙宣传。”

“他怎么想到我的？”

“他知道你在香港捐过血——是我告诉他的。”

孙越——这家伙也真是，我这小小的秘密，难道也非得公开出来不可吗？

一九八三年九月我受聘到香港去教半年书。临行前虽然千头万绪，匆忙间仍跳上台北新公园的捐血车，想留下一点别时的礼物，可惜验血结果竟然说血红素不够，原来我还是一个“文弱女子”，跟抽血小姐抗辩了几句，不得要领，只好回家整理行囊扬空而去。

一九八四年二月合约期满，要离港的那段日子，才忽然发现自己爱这座危城有多深。窗前水波上黎明之际的海鸥，学校附近大树上聒噪的黄昏喜鹊，教室里为我唱惜别曲的学生，深夜里打电话问我冬衣够不够的友人，市场里卖猪肠粉的和善老妇，小屋一角养得翠生生的鸟巢蕨……爱这个城是因为它仍是一个中国人的城，爱它是因为爱云游此处的自己。“浮屠不三宿桑下者，不欲久生恩爱也”，僧人不敢在同一棵桑树下连宿三天，只因怕时日既久不免留情。香港是我淹留一学期的地方，怎能不恋栈？但造成这恋栈的形势既是自己选择的，别离之苦也就理该认命。

用什么方法来回报这个拥抱过的地方呢？这个我一心要向它感谢的土地。

我想起在报上看到的一则广告：

有个人，拿着机器往大石头里钻，旁边一行英文字，意思说：“因为，钻石头是钻不出什么血来的——所以，请把你的血给我们一点。”

乍看之下，心里不觉一痛，难道我就是那石头吗？冷硬绝缘，没有血脉，没有体温，在钻探机下碎骨裂髓也找不出一丝殷红。不是的，我也有情的沃土和血的川原，但是我为什么不曾捐一次血呢？只因我是个“被拒绝捐血的人”，可是——也许可以再试一下，说不定香港标准松些，我就可以过关了。

用一口破英文和破广东话，我按着广告上的指示打电话去问红十字会，这类事如果问“老香港”应该更清楚，但是我不想让别人知道，只好自己去碰。

还有什么比血更好的呢？如果你爱一块土地，如果你感激周围的关爱，如果你回顾岁月之际一心谢恩，如果你喜欢跟那块土地生活时的自己，留下一点血应该是最好的赠礼吧。

那一天是二月六日，我赶到金钟，找到红十字会，那一带面临湾仔，有很好的海景。

“你的血要指定捐给什么人？”办事的职员客气地拿着表格要为我填上。

捐给什么人？我一时愣住，不，不捐给什么人，谁需要就可以拿去；这并不是什么了不起的东西，只不过是光与光的互照，水与水的交流，哪里还需要指定？凡世之人又真能指定什么，专断什么呢？小小的水滴，不过想回归大地和海洋，谁又真能指定自己的落点？幽微的星光，不过想用最温柔的方式说明自己的一度心事，又怎有权力预定在几千几百年后，落入某一个人的视线？

“不，不指定，”我淡淡一笑，“随便给谁都好。”

终于躺上了捐血椅，心中有着偷渡成功的窃喜，原来香港不这么严，我通过了，多好的事。护士走来，为我打了麻醉枪。他们真好，真体贴。我瞪着眼看血慢慢地流入血袋，多好看的殷红色，比火更红，比太阳更红，比酒更红，原来人体竟是这么美丽的流域啊！

想起余光中的那首《民歌》来了，舒服地躺在椅子上慢慢回味着多年前在“台北国父纪念馆”里的夜晚，层层叠叠的年轻人同声唱那首泪意的曲子：

传说北方有一首民歌
只有黄河的肺活量能歌唱
从青海到黄海
风也听见
沙也听见

如果黄河冻成了冰河
还有长江最最母性的鼻音
从高原到平原
鱼也听见
龙也听见

如果长江冻成了冰河
还有我，还有我的红海在呼啸
从早潮到晚潮
醒也听见
梦也听见

有一天我的血也结冰
还有你的血他的血在合唱
从 A 型到 O 型
哭也听见
笑也听见

多好的红海，相较之下人反而成了小岛，零散地寄居在红海的韵律里。

离开红十字会的时候，办事小姐要我留地址。

“我明天就回台湾呢！”

谁又是真有地址的人呢？谁不是时间的过客呢？如果世间真有地址一事，岂不是在一句话落地生根的他人的心田上，或者在一滴血如河流相互灌注的渠道间——所谓地址，还能是什么呢？

快乐，加上轻微的疲倦，此刻想做的事竟是想到天象馆去看一场名叫《黑洞》的影片，那其间有多少茫茫宇宙不可解不可触的奥秘，而我们是小小的凡人，需要人与人之间无伪的关怀。但明天要走，有太多有待收拾有待整理的箱子和感情，便决定要回到我寓寄的小楼去。

那一天，我会记得，一九八四年二月六日，告别我所爱的一个城，飞回我更爱的另一个城，别盏是一袋血。那血为谁所获，我不知道，我知道的是自己的收获。我感觉自己是一条流量丰沛的大河，可以布下世间最不需牵挂的天涯深情。

还有什么比这更好的事呢？

后记：这篇小文，是应友人孙越发起的捐血运动而作的，论性质不免倾向“实用性”，但自己斟酌一下，觉得也可看作某一时期的“点式的自传”，所以仍然收在集子里。

一年好景君须记，
正是橙黄橘绿时。

图书在版编目（CIP）数据

炎凉 / 张晓风著. —北京：北京联合出版公司，2018.9

ISBN 978-7-5596-1989-1

Ⅰ. ①炎… Ⅱ. ①张… Ⅲ. ①散文集—中国—当代 Ⅳ. ① I267

中国版本图书馆 CIP 数据核字（2018）第 076033 号

著作权合同登记号 图字：01-2018-4366

炎 凉

作　　者：张晓风
策　　划：青橙文化
监　　制：王二若雅
责任编辑：牛炜征
特约编辑：王　鑫
装帧设计：宋　璐
内文插画：无　轩

北京联合出版公司出版
（北京市西城区德外大街83号楼9层　100088）
天津市银博印刷集团有限公司印刷　　新华书店经销
字数200千字　　715毫米×1000毫米　　1/16　　16.5印张
2018年9月第1版　　2018年9月第1次印刷
ISBN 978-7-5596-1989-1
定价：45.00元